Sarah Morgan

Novia del guerrero del desierto

Editado por HARLEQUIN IBÉRICA, S.A.
Núñez de Balboa, 56
28001 Madrid

I.S.B.N.: 978-84-687-3588-7
Depósito legal: M-24102-2013
Editor responsable: Luis Pugni
Fotomecánica: M.T. Color & Diseño, S.L. Las Rozas (Madrid)
Impresión en Black print CPI (Barcelona)
Fecha impresion para Argentina: 5.5.14
Distribuidor exclusivo para España: LOGISTA
Distribuidor para México: CODIPLYRSA
Distribuidores para Argentina: interior, BERTRAN, S.A.C. Vélez
Sársfield, 1950. Cap. Fed./ Buenos Aires y Gran Buenos Aires,
VACCARO SÁNCHEZ y Cía, S.A.

Capítulo 1

Los persas enseñan tres cosas a sus hijos entre los cinco y los veinte años: a montar a caballo, a utilizar un arco y a decir la verdad.
Historias de Heródoto, historiador griego, 484-425 a.C.

–Calla, no hagas ruido –Layla le tapó la boca a su hermana–. Se les oye cerca. No pueden encontrarnos.

Layla lamentó no tener más tiempo para encontrar un lugar mejor para esconderse. Desde luego meterse tras las largas cortinas de terciopelo de la habitación de su padre no parecía el mejor sitio y, sin embargo, sabía que era el más seguro porque a nadie se le ocurriría buscar allí a las princesas. Les estaba prohibido entrar al dormitorio de su padre, ni siquiera el día de su muerte.

Pero Layla había querido ver con sus propios ojos que el hombre que había dicho ser su padre yacía frío y sin vida en la cama, comprobar que no volvería a levantarse para cometer un nuevo pecado contra ella o contra su hermana. Layla se había metido allí y había oído cómo su último aliento marcaba su destino. Sus últimas palabras no habían expresado ningún arrepentimiento por la vida que había malgastado. No había pedido ver a sus hijas, ni siquiera que alguien les dijera que las quería y compensar así tantos años de abandono. No había pedido perdón por el mal que había hecho y mucho menos por la última maldad que condenaba a su hija para siempre.

–Hassan debe casarse con Layla –había dicho–. Es la única manera de que el pueblo lo acepte como gobernante de Tazkhan.

Layla seguía tapándole la boca a su hermana pequeña mientras se acercaban los pasos. Las cortinas le rozaban la frente y sentía el olor a polvo. La oscuridad la desorientaba, pero esperó en completa tensión, temiendo que el más mínimo movimiento las delatara y alguien abriera las cortinas.

Al otro lado de la protección que les ofrecía el grueso terciopelo, oyó varias personas que entraban en la habitación.

–Hemos mirado en todos los rincones del palacio y no están en ninguna parte.

–No pueden haber desaparecido –dijo otra voz.

Layla la reconoció de inmediato. Era Hassan, primo de su padre y, si se cumplían sus últimos deseos, su futuro esposo. Tenía sesenta años y aún más ambición que su padre.

En un momento de aterradora claridad, Layla vio su futuro y le pareció aún más negro que el escondite en el que se encontraba. Clavó la mirada en esa oscuridad, sin atreverse a respirar siquiera por miedo a delatarse.

–Las encontraremos, Hassan.

–Dentro de unas horas te dirigirás a mí como Excelencia –replicó Hassan–. Y más vale que las encontréis. Probad en la biblioteca; la mayor se pasa allí el día. La pequeña es muy habladora, así que la enviaremos a Estados Unidos y, al no verla, la gente no tardará en olvidarse de ella. Mi boda con la mayor se celebrará antes del amanecer. Por suerte, es la menos habladora, así que no creo que proteste.

Layla pensó que ni siquiera sabía cómo se llamaba. Para él solo era «la mayor», «la menos habladora». No creía que supiera el aspecto que tenía, ni que le importara. Desde luego no le importaba lo que quisiera hacer con su vida. Claro que tampoco le había importado a su padre. La única persona a la que le importaba lo que le ocurriera era la que en esos momentos temblaba entre sus brazos. Su hermana pequeña. Su amiga. Su única familia.

La noticia de que Hassan tenía pensado enviar a Yasmin a Estados Unidos no hicieron sino aumentar el pavor que le provocaba la situación. De todo lo que se le avecinaba, lo peor sería perder a su hermana.

–¿Por qué esa prisa por casarse?

El acompañante de Hassan dijo en voz alta lo que estaba pensando Layla.

–Porque los dos sabemos que él vendrá en cuanto se entere de la muerte del viejo jeque.

Layla supo de inmediato quién era ese «él» y también supo que Hassan le tenía miedo, tanto que ni siquiera se atrevía a pronunciar el nombre de su enemigo. La temible reputación dcl guerrero del desierto y soberano legítimo del agreste país de Tazkhan atemorizaba tanto a Hassan que había prohibido que nadie dijera su nombre dentro de las murallas de la ciudad. Lo más irónico era que, al prohibir que la gente mencionara al legítimo heredero de aquel territorio, solo había conseguido que el pueblo lo viera como un héroe.

En un momento de rebeldía, Layla pensó en él.

Raz al-Zahki.

Un príncipe que vivía como un beduino entre la gente que tanto lo quería. Un hombre del desierto con determinación, fuerza y paciencia de hierro, cuya estrategia consistía en esperar. En aquellos momentos estaría ahí fuera, en algún lugar secreto que solo conocían los más cercanos a él. El secretismo que lo rodeaba aumentaba la tensión en la ciudadela de Tazkhan.

Por fin oyeron que los pasos salían de la habitación.

En cuanto se cerró la puerta, Yasmin se apartó de ella para tomar aire.

—Pensé que ibas a asfixiarme.

—Yo pensé que ibas a chillar.

—Yo no he chillado en toda mi vida. No soy tan patética —sin embargo Yasmin parecía muy alterada.

—Se han ido. Estamos a salvo —le aseguró Layla, agarrándole la mano con fuerza.

—¿A salvo? Layla, ese monstruo enorme y arrugado va a casarse contigo antes del amanecer y a mí me va a enviar a Estados Unidos, a miles de kilómetros de mi hogar y de ti.

Layla notó que a su hermana se le quebraba la voz.

–No, no va a hacerlo porque yo no se lo voy a permitir.

–¿Cómo vas a impedírselo? No me importa lo que pase siempre que estemos juntas, como siempre. No sé cómo podría vivir sin ti. Necesito que me cierres la boca cuando no debo abrirla y tú me necesitas a mí para no vivir solo a través de los libros.

La desesperación impregnaba las palabras de su hermana y Layla sintió en los hombros el tremendo peso de la responsabilidad. Se sintió diminuta e impotente contra la fuerza bruta de la ambición de Hassan.

–Te prometo que no nos van a separar.

–¿Cómo vas a impedirlo?

–Aún no lo sé. Estoy pensando...

–Piensa rápido porque en solo unas horas estaré en un avión rumbo a Estados Unidos y tú estarás en la cama de Hassan.

–¡Yasmin! –exclamó Layla, escandalizada.

–Es la verdad.

–¿Qué sabes tú de estar en la cama de un hombre?

–Mucho menos de lo que me gustaría. Supongo que esa podría ser una de las ventajas de que me enviaran a Estados Unidos.

A pesar de las circunstancias, Yasmin esbozó una sonrisa y a Layla se le hizo un nudo en la garganta. Su hermana siempre se las arreglaba para encontrar un motivo para sonreír y conseguía hacer brotar la risa en los momentos más tristes y llenar de luz los lugares más oscuros.

–No puedo perderte –ni siquiera soportaba la idea de estar sin ella–. No voy a permitirlo.

Yasmin miró a su alrededor con cautela.

–¿De verdad ha muerto nuestro padre?

–Sí –Layla intentó encontrar alguna emoción en su alma, pero estaba entumecida–. ¿Estás triste?

–¿Por qué habría de estarlo? Esta es la quinta vez que lo veo en persona y no creo que cuente de verdad, así que solo lo he visto cuatro veces. Ha convertido nuestra vida en un infierno y sigue haciéndolo incluso muerto –la furia oscureció los intensos ojos azules de Yasmin–. ¿Sabes lo que me gustaría? Me gustaría que Raz al-Zahki se presentara en la ciudad con ese impresionante semental negro que monta y acabara con Hassan. Yo lo apoyaría. En realidad le estaría tan agradecida que me casaría con él y le daría cien hijos para asegurarme de perpetuar su linaje.

Layla intentó no mirar el cuerpo que yacía en la cama. No quería verlo ni siquiera muerto.

–Él no querría casarse contigo. Eres hija del responsable de la muerte de su padre y de su bella esposa. Nos odia y no lo culpo por ello –ella también se odiaba por llevar la misma sangre que un hombre tan cruel.

–Debería casarse contigo, así nadie podría quitarle su reino. Eso acabaría con Hassan.

Era una idea tan descabellada, tan típica de Yasmin, que el primer impulso de Layla fue descartarla de inmediato y pedirle que fuera más cauta, como hacía siempre. Pero ¿de qué iba a servirles ser cautas a solo unas horas de casarse con aquel monstruo?

De pronto vio aquella idea con otros ojos.

–Yasmin...

–Dicen que amaba tanto a su esposa que cuando murió prometió que no volvería a amar a nadie –le contó su hermana, maravillada–. ¿Alguna vez has oído algo tan romántico?

El valor de Layla se esfumó de golpe. No podía hacerlo.

–No es romántico, es trágico. Es terrible.

–Pero imagínate que te ame tanto un hombre tan fuerte y honrado como él... eso es lo que yo quiero.

Yasmin perdió la mirada en el vacío y Layla la zarandeó.

–Deja de soñar –aquello del amor era algo tan ajeno para ella. El único amor que conocía era el que sentía por su hermana; nunca había sentido nada mínimamente romántico al mirar a un hombre y nada de lo que había leído al respecto le hacía pensar que pudiera ser de otro modo en el futuro. Era una persona demasiado pragmática y era precisamente ese pragmatismo lo que la impulsaba en ese momento–. Si te mandan a Estados Unidos, no volveré a verte. No puedo permitir que lo hagan.

–¿Y cómo vas a impedirlo? Hassan nunca es tan peligroso como cuando está asustado y ahora está aterrado de Raz al-Zahki; hasta el punto de no permitir que nadie pronuncie su nombre en la ciudad. Aunque todo el mundo lo hace, claro. Especialmente las mujeres, por lo que he podido escuchar.

–¿Has vuelto a estar en el zoco? ¿Es que no te das cuenta de lo peligroso que es?

Yasmin continuó hablando sin hacer el menor caso a sus palabras.

–Dicen que tiene el corazón frío como el hielo –dijo, susurrando con fascinación–... y que solo una mujer podrá derretirlo. Es como esa leyenda de la espada y la piedra que me leíste cuando era pequeña.

–¡Vamos, Yasmin, a ver si creces! Ningún corazón puede congelarse a menos que la persona se encuentre en la Antártida sin el equipo adecuado. El corazón es el que bombea la sangre al resto del cuerpo, así que no se congela, ni se rompe –Layla se preguntó, exasperada, cómo era posible que dos hermanas fueran tan distintas como ellas dos. Habían vivido lo mismo, aunque Layla había protegido a Yasmin de las mayores crueldades de su padre–. Esto no es una leyenda, es la realidad. Deja de verlo todo como si fuera un cuento romántico.

–Dicen que no tardará en venir –esa vez su hermana hablaba con emoción e impaciencia–. Ha estado esperando mientras nuestro padre y Hassan maquinaban, pero ahora que nuestro padre ha muerto, seguro que tiene un plan para reclamar la posición que le corresponde como legítimo jeque. Han enviado gente a patrullar por el desierto, aunque es absurdo porque todo el mundo sabe que nadie conoce el desierto mejor que Raz al-Zahki. La gente no duerme por si entra en la ciudadela durante la noche. Sinceramente, espero que sea así. Si yo me lo encontrara en la oscuridad, estaría encantada de mostrarle el camino.

Layla volvió a ponerle la mano sobre la boca a su hermana.

–Tienes que tener cuidado con lo que dices.

–Hassan solo puede hacerse con el poder si se casa contigo.

–Entonces no puede casarse conmigo.

Yasmin la miró con lástima.

–Te obligará a hacerlo.

–No podrá obligarme si no me encuentra –Layla se metió en el vestidor de su padre sin atreverse a pensar demasiado en lo que iba a hacer y sacó un par de túnicas–. Ponte esto –le tiró una a su hermana–. Tápate el pelo y la cara todo lo que puedas. Espérame detrás de la cortina hasta que venga a buscarte. Tengo que ir a buscar algo a la biblioteca antes de irnos.

–¿A la biblioteca? ¿Cómo puedes pensar en libros en estos momentos?

–Porque los libros pueden serlo todo: un amigo, una vía de escape, un maestro... –Layla dejó de hablar, esperando que su hermana no se hubiese dado cuenta de que se había ruborizado–. Da igual. Lo importante es que nos vamos de aquí. Va a ser como cuando jugábamos al escondite de niñas –al ver el gesto de horror de Yasmin, lamentó haber hecho esa referencia–. Esos caballos a los que tanto quieres... ¿podrás montar alguno de ellos?

–¡Claro!

Creyó verla titubear, pero fue algo tan fugaz que pensó que lo había imaginado.

–Yo he leído mucho sobre equitación y sobre los caballos árabes, así que seguro que entre las dos nos arreglamos –esperaba resultar más convincente de lo que se sentía–. Iremos a las cuadras por detrás y desde allí nos adentraremos en el desierto.

–¿En el desierto? ¿Por qué?

Layla comenzó a responder a pesar de que el cerebro le decía que era muy mala idea.

–Vamos a ir a buscar a Raz al-Zahki.

El viento atravesó el desierto, portando el rumor de la muerte del jeque.

Desde su campamento, Raz al-Zahki perdió la mirada en la oscuridad de la noche.

–¿Es verdad o solo un rumor?

–Verdad –aseguró Salem, de pie junto a él–. Nos lo han confirmado distintas fuentes.

–Entonces ha llegado el momento –hacía ya mucho tiempo que Raz había aprendido a ocultar sus sentimientos, pero sí que sintió en los hombros el dolor de aquella tensión que conocía bien–. Esta misma noche salimos hacia la ciudad.

Abdul, su consejero y amigo, dio un paso adelante.

–Hay algo más, Alteza. Como bien predijiste,

Hassan tiene intención de casarse con la mayor de las princesas en solo unas horas. Los preparativos de la boda ya han empezado.

–¿Antes incluso de que se enfríe el cuerpo? –Raz soltó una carcajada llena de cinismo–. Es obvio que está abrumada por el dolor.

–Hassan debe de tener por lo menos cuarenta años más que ella –murmuró Salem–. Me pregunto qué ganará ella con la boda.

–No es ningún misterio. Seguirá viviendo en el palacio y disfrutando de un privilegio que jamás debería haber tenido –Raz volvió a clavar la mirada en el horizonte–. Es hija de uno de los hombres más despiadados que ha habido en Tazkhan, así que no pierdas el tiempo en sentir compasión por ella.

–Si Hassan se casa con la chica, te será más difícil cuestionar legalmente la sucesión.

–Por eso voy a asegurarme de que no se celebre la boda.

Abdul lo miró con asombro.

–¿Entonces tienes intención de seguir adelante con el plan? Aunque lo que estás sugiriendo es que...

–Es la única alternativa posible –Raz lo interrumpió, consciente de su propia brusquedad. En otro tiempo había sido capaz de ser tierno, pero esa parte de sí mismo había muerto con la mujer que amaba–. Hemos considerado todas las opciones y... dejó de hablar al oír ruidos afuera de la tienda de campaña.

Sus dos guardaespaldas se acercaron a flan- quearlo, esos hombres llevaban quince años acompañándolo, desde el brutal asesinato de su padre, y Raz sabía que estarían dispuestos a morir por él.

Pero lo que más le conmovió fue que Abdul se pusiera delante de él para protegerlo porque su fiel consejero no era una persona fuerte físicamente, ni demasiado hábil con las armas.

Raz lo apartó con firmeza, pero con amabilidad.

–¡Vete! –le dijo Abdul–. Podría ser el ataque que estábamos temiendo.

Vio que Salem tenía agarrada el arma y, un segundo después, apareció un muchacho delgado al que tenían agarrado dos de sus hombres.

–Si pretendieran atentar contra mi vida, se lo habrían encargado a alguien más fuerte.

–Lo hemos encontrando merodeando por el desierto, junto a la frontera de Zubran. Parece que estaba solo. Dice que trae un mensaje para Raz al-Zahki –explicó otro de sus hombres, protegiendo su identidad.

Raz les hizo un gesto para que acercaran al muchacho. Le habían atado las manos por lo que, en cuanto lo soltaron, el joven cayó de rodillas. Raz se fijó en que la túnica le quedaba enorme.

–¿Qué mensaje tienes para Raz al-Zahki, muchacho? –le preguntó Salem, que rara vez se separaba de su lado.

–Tengo que hablar en persona con él –murmuró en voz tan baja que apenas se le oía–. Y tiene que ser a solas porque el mensaje es solo para él, para nadie más.

Uno de los guardias resopló, molesto.

–Más te vale no acercarte a él y mucho menos quedarte a solas porque te comería vivo.

–No me importa lo que me haga siempre y cuando escuche lo que tengo que decirle. Llévenme con él, por favor.

El muchacho no levantó la cabeza en ningún momento, pero hubo algo en su postura, en sus hombros estrechos, que atrajo la atención de Raz.

Dio un paso adelante.

–¿No te da miedo?

Hubo una breve pausa.

–Claro que tengo miedo, pero no de Raz al-Zahki.

–Entonces tienes mucho que aprender –le advirtió el guardia al tiempo que lo ponía en pie–. Pasará la noche encerrado y lo interrogaremos de nuevo por la mañana.

–¡No! –el muchacho forcejeó frenéticamente con el guardia–. Por la mañana será demasiado tarde. Tengo que hablar con él ahora, por favor. El futuro de Tazkhan depende de ello.

Raz lo miró un segundo.

–Llevadlo a mi tienda.

Salem, Abdul y los guardias lo miraron sin dar crédito a lo que oían.

–Antes lo desnudaremos para registrarlo bien y...

–Llevadlo a mi tienda y dejadnos solos.

Abdul le puso la mano en el brazo y le habló en voz baja:

–Nunca he cuestionado tus decisiones, Alteza, pero debo suplicarte que al menos dejes que se queden contigo dos hombres.

–¿Acaso crees que no puedo defenderme de alguien la mitad de grande que yo?

–Creo que en estos momentos Hassan es capaz de cualquier cosa. Está asustado y desesperado y la desesperación hace que uno cometa locuras. Podría ser una trampa.

–Tiene razón –afirmó Salem–. Yo me quedaré contigo.

Raz le puso la mano en el hombro a su amigo.

–Tu amor y tu lealtad son muy importantes para mí, pero tienes que confiar en mí.

–Si te ocurriera algo...

Él mejor que nadie sabía que había promesas que no se debían hacer.

–Aseguraos de que no nos molesten –despidió a los guardias con un gesto y entró a su tienda.

El muchacho estaba arrodillado en el rincón más alejado de la puerta. Raz lo observó unos segundos, después se aproximó a él y cortó la cuerda que le ataba las muñecas.

–Levántate.

Lo vio intentarlo, pero parecía incapaz de hacerlo.

–Me duelen las piernas de montar y me he hecho daño en un tobillo al caer.

–Dime a qué has venido.

–Solo hablaré con Raz al-Zahki, con nadie más.

–Entonces habla –le ordenó suavemente y el muchacho levantó la cabeza con asombro.

–¿Es usted? –le preguntó, con los ojos abiertos de par en par y el rostro tapado prácticamente por completo.

–Soy yo el que hace las preguntas –respondió Raz, guardándose el cuchillo–. Lo primero que quiero saber es qué hace una mujer rondando mi campamento en mitad de la noche. ¿Cómo se le ocurre meterse en la guarida del león, princesa?

Layla estaba sufriendo una verdadera agonía. La agonía física que le provocaba el dolor provocado por la caída y la agonía emocional de saber que su hermana estaba perdida y sola en la inmensidad del desierto. Y todo por su culpa.

Había sido ella la que había propuesto aquella locura. Ella, que nunca hacía nada irreflexivo, que siempre analizaba cuidadosamente todas las opciones antes de tomar cualquier decisión, había actuado por impulso.

Habría sido mejor que Hassan la enviara a Estados Unidos, al menos así habría sabido que estaba viva.

Pero la realidad era que Yasmin había desaparecido y ella estaba prisionera en el campamento de Raz al-Zahki, un hombre que tenía más motivos para odiarla que nadie en el mundo.

Un hombre que sabía quién era.

Al mirar aquellos fríos ojos negros, comprendió de pronto el significado de la expresión «estar entre la espada y la pared». Si su primo era la espada, aquel hombre era la pared. Tenía cuerpo de guerrero; hombros anchos y fuertes y, aunque Layla sabía que había sufrido mucho, en su rostro no había ninguna señal de dicho sufrimiento. No era la imagen de un hombre destrozado y vulnerable, sino la de alguien fuerte, al menos por fuera, la de un hombre con la autoridad y la seguridad en sí mismo de aquellos que habían nacido para dirigir a otros. Era justo lo que Layla había imaginado, pero aun así la intimidaba.

–¿Supo quién era desde el principio?

–A los cinco segundos de verla. Tiene un rostro memorable, princesa. Y unos ojos inconfundibles.

Era el primer comentario personal que le hacían en toda su vida y por eso le sorprendió.

Había leído todo sobre él y había memorizado toda la información, desde su fecha de nacimiento a su título de ingeniería, pasando por su impresionante historial militar. Sabía que era un magnífico jinete y un gran conocedor de los caballos árabes. Sabía todo eso y mucho más, pero teniéndolo delante se daba cuenta de que había cosas que no se podían conocer con solo leer sobre alguien.

Cosas como que tenía los ojos más oscuros que la noche del desierto o que transmitía mucho más poder de lo que habría podido imaginar. Que sus ojos miraban de tal forma que parecían atravesarla y le aceleraban el corazón.

Estaba dándose cuenta de que una lista de datos y fechas no eran capaces de transmitir su fuerza y su carisma.

De pronto recordó lo que le había contado su hermana sobre él, que los rumores decían que Raz al-Zahki conocía bien a las mujeres. Que antes de enamorarse había llevado una vida bastante salvaje y que después se había apartado de todo y había encerrado bajo llave todas sus emociones.

–¿Cómo es que me conoce?

–Trato de conocer bien a mis enemigos.

–Yo no soy su enemigo –pero tampoco podía culparlo de pensar así. Su familia había ocasionado muchos sufrimientos a la de él desde hacía varias generaciones.

–Eso me lleva a la siguiente pregunta... ¿Dónde está Hassan? ¿O es que es tan cobarde que envía a una mujer a entregar sus mensajes?

Layla se estremeció, pero no habría sabido decir si había sido por su tono de voz o por sus palabras.

–No he venido aquí en nombre de Hassan. Estaba con mi hermana, Yasmin, pero me caí del caballo –le vio apretar los labios–. Lo siento, pero... tiene que ayudarme a encontrarla. Se lo ruego. Está sola en medio del desierto, no podrá sobrevivir –la idea la llenó de desesperación, sin embargo, él no mostró sentimiento alguno. Absolutamente nada.

–Entonces ¿dónde está Hassan?

–Puede que esté en el palacio o quizá por ahí, buscándonos. No lo sé.

–¿No lo sabe? Pero se supone que va a casarse con él en solo unas horas.

–¿Sabe lo de la boda?

–Lo sé todo.

–Si cree que quiero casarme con Hassan, está claro que no lo sabe todo –había poca luz en la tienda, pero pudo ver la sorpresa que reflejaron sus ojos.

–¿Cómo han salido del palacio sin su consentimiento?

–Nos hemos escapado. A mi hermana le encantan los caballos y escogió el más rápido que había, pero se le olvidó decirme que no sabía cómo controlarlo –se llevó la mano a la magullada espalda.

–¿Iban las dos en un solo caballo?

–Sí. No pesamos demasiado y no queríamos separarnos –Layla no le dijo que ella nunca había montado a caballo. No podía decírselo a un hombre conocido por sus dotes de jinete. Tenía la sensación de que no conseguiría impresionarlo diciéndole que sabía todo lo que se podía saber sobre los caballos árabes, pero nada sobre la realidad de lo que era montar en uno–. Se asustó de algo y, al encabritarse, me tiró y siguió al galope con Yasmin encima. Mi hermana no tiene fuerza suficiente para detenerlo, así que seguramente también se haya caído –intentó ponerse en pie otra vez, pero sintió tanto dolor que volvió a caer de rodillas, justo cuando entraban a la tienda dos enormes perros.

El miedo la dejó sin fuerzas. Había quedado a la misma altura que aquellas dos fieras que le enseñaban los dientes.

Raz les dijo algo y automáticamente se tiraron al suelo, agacharon la cabeza y lo miraron con absoluta adoración.

–¿Saluki? –tenía tanto miedo que apenas le salía la voz–. ¿Tiene perros saluki?

–¿Reconoce la raza?

–Claro. Es una de las razas más antiguas del mundo. Se encontraron restos de saluki en las pirámides de Egipto, momificados junto a los faraones –no le contó que su experiencia con aquellos perros era bastante más personal y traumática, una experiencia que había intentado olvidar para siempre.

–¿Ha dicho que habían escapado? ¿Adónde se dirigían?

–A usted. Veníamos a buscarlo –Layla siguió inmóvil, acordándose de que los perros no la atacarían si no los provocaba o no se lo ordenaba alguien.

–¿La noche de la muerte de su padre? No la veo llorar, así que deduzco que ha heredado su falta de sentimientos.

¿Eso era lo que pensaba de ella?

Layla estuvo a punto de corregirle, pero sabía que no era el mejor momento para hacerlo. Ya aclararía más tarde los malentendidos.

–El último deseo de mi padre fue que me casara con Hassan.

–Entonces ¿por qué ha venido a buscarme a mí?

Había ensayado mil veces todo lo que quería decirle, pero al sentir su mirada sobre ella, se quedó sin palabras.

–Usted es el legítimo soberano de Tazkhan, pero si Hassan se casa conmigo, a usted le resultará mucho más difícil conseguir lo que le corresponde.

Lo vio quedarse tan inmóvil que supo que tenía toda su atención.

–Eso no explica por qué ha venido hasta aquí.

En ese momento, Layla se dio cuenta de cuánto

deseaba que hubiera sido él el que lo dijera. Se suponía que era un hombre muy inteligente, ¿verdad? ¿Acaso no podía imaginar por qué estaba allí? ¿No veía que había una solución que resolvería el problema para siempre?

Quizá lo viera, pero no quisiera reconocerlo.

–No lo culpo por odiarme –no era eso lo que había pensado decirle, pero al mirarlo, solo pudo pensar en todo lo que había sufrido–. Si pudiera cambiar quién soy, lo haría sin dudarlo, pero le pido que se olvide de eso y haga lo que hay que hacer.

–¿Y qué es lo que cree que hay que hacer, princesa?

Era la primera vez que un hombre le preguntaba su opinión. Desde que había dado el primer paso hasta que se había escapado del palacio por la ventana del dormitorio de su padre, todo el mundo la había tratado como si no fuera más que un mero arma del abundante arsenal de la casa Al-Habib.

Sin embargo, él acababa de preguntárselo.

Y la escuchaba atentamente.

Pensó entonces que era un hombre regio, orgulloso y seguro de sí mismo y comprendió por qué confiaban en él y lo protegían tantas personas. Era tan distinto de Hassan como el océano del desierto.

–Usted sabe lo que hay que hacer. Tiene que recuperar el lugar que le corresponde y poner fin a todo esto antes de que Hassan continúe por el camino que emprendió mi padre y arruine el país con su ambición de poder... –se quedó callada, pensando si debía mencionar de nuevo a Yasmin y llegó a la conclusión de que sería más fácil convencerlo por la obligación que tenía con su pueblo que despertando su compasión hacia su hermana–. Para eso tiene que casarse conmigo. Ahora mismo. Antes de que Hassan me encuentre.

Capítulo 2

LA INTENCIÓN de Raz había sido hacer todo lo que fuera necesario para evitar que Hassan se casara con la princesa, pero en ningún momento se le había ocurrido la opción de casarse él con ella, ni tampoco se había atrevido a sugerírselo nadie a pesar de que era una solución obvia.

Su parte de estratega veía las ventajas del plan, su parte humana lo veía con verdadero espanto.

Siempre había creído que estaría dispuesto a pagar cualquier precio por cumplir con su obligación.

Pero se había equivocado.

—No —por mucho que se hubiera preparado para ocultar sus emociones, en ese momento la negativa salió de lo más hondo de su ser, de una parte muy oscura sobre la que no ejercía ningún control—. Ya tuve una esposa y no necesito, ni quiero, tener otra.

Uno de los perros aulló y la princesa lo miró con un intenso terror que Raz no comprendió.

—Sé que estuvo casado y... —parecía a punto de decir algo más sobre el tema, pero meneó la cabeza—. Y por supuesto que no pretendo reemplazarla. Sería un acuerdo puramente político, beneficioso para los dos.

–¿Político?

–Hassan se encuentra en una situación muy precaria. La única manera que tiene de asegurarse el puesto de sucesor de mi padre es casándose conmigo porque no cuenta con el apoyo de Tazkhan y nunca se ha molestado en ganárselo. Para él, gobernar significa obtener beneficios, no ayudar al pueblo, por eso no es popular entre la gente.

Raz disimuló su sorpresa. Aquella muchacha había resumido la situación del país en cuatro palabras, sin exagerarla ni dramatizarla en absoluto.

–Quizá no esperara que su padre muriera tan pronto y no esté preparado.

–Hassan está dispuesto a todo. No lo subestime.

Aquellas palabras hicieron el mismo efecto que si le hubiera echado limón en una herida abierta porque describían exactamente lo que había hecho. Había sido tan arrogante de creerse intocable y como resultado había perdido a alguien a quien amaba profundamente.

–Parece que lo conoce muy bien.

–Lo he observado detenidamente. Es posible que tenga algún trastorno mental; como cualquier psicópata, no muestra sentimiento de culpa, ni se arrepiente de nada de lo que hace.

Hablaba con seriedad y con esos bonitos ojos oscuros clavados en él.

–No le importa lo que piensen o sientan los demás y se cree lo más importante del mundo. Es muy peligroso. Pero supongo que eso ya lo sabe.

–Sí –claro que lo sabía, lo que le sorprendía era que lo supiera ella.

Raz se dio cuenta de que se había hecho una idea muy apresurada de la princesa, basándose únicamente en el hecho de que pertenecía a la familia a la que pertenecía.

Aunque había ideado otro plan para evitar aquella boda, no había duda de que el de ella era mejor.

Y menos arriesgado para todos los implicados.

Excepto para él.

Porque para él significaba romper una promesa.

Raz comenzó a caminar de un lado a otro de la tienda, tratando de controlar la tensión que le provocaba algo que sentía como una traición.

–No puedo hacerlo.

–¿Porque soy la hija de su enemigo? –le preguntó con absoluta calma–. Aristóteles decía que «el peligro une hasta a los más enconados enemigos». Yo le estoy proponiendo que nos unamos para luchar contra el mismo peligro y sabe que es la mejor solución.

–Nunca dé por hecho que sabe lo que pienso, princesa.

–Le pido disculpas –le dijo sin apartar los ojos de los dos perros, que se habían levantado para seguirlo–. Me parecía una solución tan lógica que pensé que a usted también se lo parecería.

Así era. Lo que le frustraba era que sus sentimientos fueran en contra de dicha lógica.

–¿Usted aplica la lógica a todo?

–No lo hice cuando decidí robar un caballo y echar a andar hacia el desierto, así que supongo que debo responder que no. Pero la mayoría de las veces sí lo hago. Soy de la opinión de que se suele obtener un mejor resultado si antes se piensa bien lo que se va a hacer.

Nunca había conocido a nadie tan serio como ella.

Se le pasó por la cabeza preguntarle si alguna vez se reía o bailaba o se divertía de alguna manera, pero enseguida se preguntó que qué más le daba.

—Me propone algo que no puedo contemplar siquiera.

—Sin embargo sabe que es lo mejor para Tazkhan, así que deduzco que su negativa se debe a que amaba mucho a su mujer.

Raz sintió que se le helaba la sangre en las venas para después empezar a arderle de furia.

—La lógica o el instinto de supervivencia debería decirle que está entrando en un terreno peligroso.

—No pretendo hacerle daño, solo trato de entender por qué rechaza una solución tan adecuada —se tocó la túnica con una mano temblorosa—. Comprendo que la quisiera mucho, que se hicieron promesas y que ahora no quiera volver a casarse.

—Usted no comprende nada —su voz sonó como un rugido—. No puede resumir tantas emociones en una simple frase —se asustó de la ira que sentía y ella también debió de asustarse porque miró a la entrada de la tienda como si estuviese calculando la distancia.

Raz se avergonzó de sí mismo porque tenía muchos defectos, pero atemorizar a las mujeres no era uno de ellos.

–Lo siento –dijo ella antes de que él pudiera hablar, y lo hizo con una voz suave que bastó para calmarlo–. Tiene razón, no puedo comprender lo que siente porque nunca he amado a nadie de ese modo. Lo que comprendo es que su decisión de no querer volver a casarse se debe al amor que le profesaba a su esposa, y lo que quiero aclararle es que lo que le propongo no tiene nada que ver con lo que compartió con ella. El nuestro sería un matrimonio de conveniencia política, no por amor. No estaría traicionando su memoria porque sería un acuerdo político. Si se casa conmigo, ocuparía el puesto que le corresponde como soberano de Tazkhan y nadie podría arrebatárselo.

Quizá lo comprendiera mejor de lo que había pensado.

–¿Cree que me dan miedo los retos?

–No. Sé que ama a su pueblo y que quiere darle un futuro de prosperidad y de paz –de pronto parecía cansada, sola y demasiado joven.

–¿Y qué gana usted con todo esto, princesa? –le preguntó mientras trataba de recordar la edad que tenía. ¿Veintitrés, o menos?–. ¿Qué beneficio le reportaría un matrimonio sin amor?

Entre tanta tela vio unos centímetros de su rostro además de esos cautivadores ojos tan oscuros como dos endrinas y con esas pestañas largas que proyectaban sombras sobre sus mejillas. De pronto deseó ver más, deseó quitarle esa túnica que la cubría y descubrir lo que se ocultaba bajo tanta tela. Había oído rumores sobre la belleza de la mayor de las princesas, pero no había prestado atención porque no había sentido interés alguno por sus atributos físicos.

Dio un paso atrás, sorprendido por su propia curiosidad.

–¿Qué beneficio obtiene usted de este «acuerdo político»?

–Si me caso con usted, no podré hacerlo con Hassan.

–¿Entonces soy el mal menor? –¿de verdad lo haría por eso? Lo cierto era que parecía inocente, pero era hija del mal. Parecía decir la verdad, pero llevaba toda la vida rodeada de mentiras. Era tal el peso de la responsabilidad, que fue en contra del instinto de confiar en ella–. ¿Espera que crea que se ha escapado de la ciudadela en mitad de la noche y se ha adentrado en el desierto solo con la esperanza de encontrarse conmigo para poder pedirme matrimonio?

–Tenía más que perder si me quedaba. Y había oído que hay mucha gente que conoce su paradero. Confiaba en que alguien me condujera hasta usted, Alteza.

Le había llamado «Alteza», jamás habría esperado semejante reconocimiento por su parte.

–Veo que vuestra lealtad no es muy firme.

–Mi lealtad es para con Tazkhan, pero entiendo que le dé miedo fiarse de mí. Es cierto que tengo otros motivos... más personales.

–¿Qué motivos son esos?

–Hassan tiene intención de enviar a mi hermana

a Estados Unidos –dijo con evidente desesperación–. Quiere quitársela de en medio.

–¿Por qué?

–Porque juntas somos mucho más fuertes que se-
paradas y lo que él quiere es que seamos lo más dé-
biles posibles. Porque mi hermana tiene la costumbre de decir lo que piensa y cada vez es más difícil
controlarla. Es una mujer soñadora, apasionada y
desafiante. Y Hassan odia que lo desafíen.

–¿Y usted no lo desafía?

–Me parece que no sirve de nada provocar a una
fiera –hizo una breve pausa antes de mirarlo con los
ojos llenos de sufrimiento–. Tengo miedo de que
los hombres de Hassan la encuentren antes que usted.

Raz enarcó una ceja.

–Me temo que es inevitable, puesto que yo no la
estoy buscando.

–¿Pero va a hacerlo? Y, cuando estemos prome-
tidos, ¿la protegerá también a ella?

Así que era por eso por lo que había acudido a
él.

Lo había arriesgado todo por amor.

–Entonces, para no perder a su hermana y proteger Tazkhan, está usted dispuesta a casarse con un
desconocido. Es la proposición de matrimonio menos romántica que he oído en mi vida.

–Puede ser, pero ya hemos convenido que esto
no tiene nada que ver con el romanticismo. No es
lo que buscamos ninguno de los dos.

–¿Por qué no lo busca usted?

–No soy una persona romántica, Alteza.

Aquella afirmación habría sido totalmente normal de salir de una persona por lo menos diez años mayor que ella. Sus ojos eran como dos pozos oscuros de dolor y Raz no pudo evitar preguntarse cómo serían si sonriera.

–¿No cree que un hombre y una mujer puedan amarse?

–Creo que es posible, sí, pero no para mí. Yo soy muy pragmática –dijo con una sinceridad apabullante–. Espero que eso no suponga un obstáculo para usted.

No tenía ni idea del poder del amor. No imaginaba los estragos que podía causar aquel sentimiento.

Él, sin embargo, lo sabía muy bien.

–Para que el matrimonio sea legal, es necesario algo más que intercambiar unos votos y unos anillos.

La vio ponerse rígida y clavar la mirada en el suelo sin pestañear.

–Conozco bien las leyes de Tazkhan y estoy dispuesta a cumplirlas para evitar que Hassan pueda cuestionar nuestra unión.

–¿Entonces comprende lo que implicaría casarse conmigo? –le preguntó Raz, intrigado y exasperado a partes iguales.

–Se refiere a la parte física, sí, lo comprendo y lo acepto. Eso no supondrá ningún problema –bajó la cabeza aún más, ocultándola casi por completo entre los pliegues de la túnica–. Por lo que he leído, tampoco creo que suponga un problema para usted, puesto que los hombres no necesitan estar enamorados para llevar a cabo el acto sexual.

Raz sintió ganas de reírse por un instante. Bajo esa túnica había una mujer frágil y tímida que no sabía nada sobre el sexo.

–¿Qué es lo que ha leído exactamente? Sea lo que sea, no parece lo más apropiado para una chica como usted.

–No soy una chica, soy una mujer.

«Aún no», pensó Raz mientras la observaba.

–Se está planteando pasar la vida con un hombre que nunca podrá amarla.

–Pero me respetará por haber hecho lo mejor para Tazkhan. Eso es lo único que necesito.

Raz se quedó mirándola un poco más.

¿De verdad sería eso lo único que necesitaba? ¿Respeto?

Parecía muy poca cosa, pero en aquellos momentos no estaba seguro de poder darle siquiera eso.

Raz sintió el peso de la responsabilidad como mil toneladas de arena sobre los hombros.

–Necesito aire –dijo justo antes de salir de la tienda.

«Necesito aire».

Layla dejó caer los hombros. Ella también necesitaba aire. No podía respirar. Se estaba asfixiando con tanta tela y el calor sofocante que hacía en la tienda de campaña, y tenía miedo de haberlo estropeado todo al mencionar a su mujer. En cuanto a lo demás... nunca habría creído que pudiera resultarle tan incómodo hablar de sexo. Era algo perfectamente natural que hacían todos los animales, el hombre solo era uno más. No comprendía por qué se había echado a temblar y le había dado calor hablar de ello.

Era por él.

Él tenía algo que por primera vez hacía que comprendiera por qué las mujeres hablaban de él en ese tono ensoñador.

Estaba confundida, agotada y tremendamente preocupada por Yasmin, pero lo único que quería hacer en esos momentos era despojarse de aquella enorme túnica y tumbarse. Miró a la cama cubierta de seda de colores. ¿Sería su cama? Por un momento lo imaginó allí tumbado, abrazado a la que había sido su esposa, haciendo el amor. La imagen la sorprendió porque, aparte de las esculturas de Miguel Ángel, nunca había visto a un hombre desnudo y no tenía ningún sentido que ahora imaginara a uno.

Le dolía todo el cuerpo, quería estirarse y examinar las heridas que le había provocado la caída, pero no se atrevía a hacerlo con aquellos dos perros enormes vigilándola.

Lo que sí hizo fue cambiar de postura muy despacio y aprovechar para sacar la bolsa que había ocultado bajo la túnica. Dentro llevaba dos libros. Uno era su preferido, una obra que había leído tantas veces que prácticamente la sabía de memoria. El otro...

–¿Qué es eso? –dijo Raz desde la entrada de la tienda.

Layla se sobresaltó tanto que soltó los dos libros y, antes de que pudiera agarrarlos, él levantó uno de ellos. Por supuesto, era precisamente ese.

Hubo un momento de silencio mientras leía el título.

–¿El *Kama Sutra*? –preguntó, enarcando ambas cejas.

–Si pretendo casarme, debo saber qué es lo que tendré que hacer. No hay nada que no se pueda aprender estudiando. No sé absolutamente nada del tema y creo, por experiencia, que la ignorancia nunca es buena.

El corazón le golpeaba el pecho como si fuera un caballo que galopara por la arena y tenía la boca seca como si se hubiera tragado todo el desierto.

El largo silencio era más humillante que una negativa. Al menos la penumbra de la tienda la protegía un poco de su mirada.

No había esperado demasiado de aquel encuentro, pero al menos pensaba que diría algo, no que se largara de la tienda.

Pero quizá le asqueara la idea de casarse con ella. Quizá no fuera cierto que estaba dispuesto a todo por su país. Quizá se negara a caer tan bajo como para casarse con la hija del hombre que había destrozado a su familia. Quizá no quería a una mujer que lo único que sabía del mundo era lo que había aprendido en los libros.

–No lo vas a necesitar –le dijo al tiempo que le devolvía el libro y a ella le ardía la cara.

Se le llenaron los ojos de lágrimas.

Estaba rechazándola.

–Lo comprendo. En tal caso, tengo que intentar encontrar a mi hermana yo sola, antes de que lo haga Hassan. Cuando está furioso es más peligroso que nunca.

Consiguió ponerse en pie, pero tenía tan poca fuerza en las piernas que no tardó en volver a perder el equilibrio.

Él la agarró en brazos y la levantó del suelo.

Por miedo a sufrir la segunda caída del día, Layla se agarró a su cuello y sintió la fuerza de sus músculos. Al levantar la mirada, se encontró con la ferocidad de sus ojos negros.

La curiosidad se convirtió en fascinación. Bajó la vista hasta su boca, que estaba aterradoramente cerca. Tenía los labios firmes, tan bellos y duros como el resto de su rostro de pómulos marcados. Todo en él transmitía fuerza y peligro. Incluso ella, que no tenía la menor experiencia ni interés por los hombres, comprendía que las mujeres lo consideraran espectacularmente guapo.

Sintió una extraña tensión en el vientre y un calor que le recorrió la piel.

Se quedaron mirándose el uno al otro hasta que él apretó los labios, recorrió los pasos que los separaban del lecho y la dejó sobre el colchón.

–¿Dónde te duele? –le preguntó.

Su voz la sacó de aquel absurdo estado de ensoñación.

Layla se dijo a sí misma que no había motivos

para sentirse intimidada. Él no podía evitar ser tan alto y fuerte. Ni tampoco por no sonreír en semejantes circunstancias.

Solo le había preguntado dónde le dolía; una pregunta práctica e inofensiva.

—Me duele todo el cuerpo, pero especialmente las piernas, la espalda y los brazos. Supongo que en parte me duele por el ejercicio que he hecho al montar a caballo y la falta de costumbre, además de por la caída. Pero, a juzgar por los síntomas, no creo que me haya roto nada.

—Deduzco que también ha leído libros de medicina, aparte de a Aristóteles y el *Kama Sutra*? Veo que tiene unos gustos muy diversos, princesa.

No le dijo que el *Kama Sutra* ni siquiera lo había empezado.

—Leo mucho.

—Usted lee y su hermana habla —la miró en silencio, con gesto irónico, durante unos minutos largos e inquietantes—. Quítese la túnica.

—¿Qué? —se sentía como un ratoncillo bajo la aterradora mirada de un águila—. ¿Por qué?

—Porque quiero examinar las heridas personalmente.

—No tengo ninguna herida —se apresuró a decir—. De verdad, solo es dolor muscular. Se lo agradezco mucho, pero no hay nada de lo que preocuparse.

Le inquietaba la idea de despojarse de la ropa delante de aquel hombre.

Se sentó en la cama con un suspiro, tan cerca de ella que le rozaba suavemente la pierna.

–Dice que quiere casarse, pero le da miedo quitarse la túnica en mi presencia. ¿Tiene intención de que nos acostemos completamente vestidos cuando estemos casados?

–Por supuesto que no. Eso es distinto.

–¿Por qué?

Estaba poniéndola a prueba. No la creía capaz de hacerlo.

La desesperación fue mucho más fuerte que el pudor. Si se negaba a casarse con ella, no volvería a ver a Yasmin.

–Porque entonces cumpliré con la responsabilidad que conlleve el papel de esposa.

–¿Responsabilidad?

–La intimidad física es una de las responsabilidades de una esposa y sé lo que implica.

–¿De verdad, princesa? ¿Cuántas páginas del *Kama Sutra* ha leído?

¿Si decía que lo había leído de principio a fin se casaría con ella?

Layla abrió la boca y luego volvió a cerrarla porque sus dotes de mentirosa estaban a la par con las de amazona.

–No muchas –dijo, esperando que la sinceridad no le arruinara el futuro–. En realidad, por ahora solo he leído el título. Pero leo muy rápido –añadió rápidamente por temor a que la falta de conocimientos lo echase atrás–. Además usted sí que tiene experiencia.

Por algún motivo, solo con decir eso sintió un repentino calor.

–No quiere quitarse la ropa, pero, cuando estemos casados, vendrá a mi cama completamente desnuda.

Layla sintió un estremecimiento. Tenía el corazón encogido y la cabeza aturdida.

Pensó que serían los nervios.

–¿Eso quiere decir que acepta mi propuesta?

De pronto levantó la mano y le retiró la tela que le cubría la cabeza. La miraba con gesto tenso y serio, como si estuviese tratando de tomar una decisión muy importante.

Layla intentó no estremecerse de nuevo mientras se recordaba que tenía todo el derecho del mundo a mirar a la mujer con la que quizá fuera a casarse.

¿Estaría tratando de comprobar si era tan bella como su esposa? ¿O estaría tratando de decidir si podría mirarla cada día sin ver el rostro de su padre y de Hassan, y pensar en todo el mal que le habían hecho aquellos dos hombres?

Continuó mirándola con un gesto inquietante e intenso mientras le pasaba la mano por la mejilla.

Sabía que estaba ruborizada. Podía sentir el calor en el rostro y sabía que él también lo estaría sintiendo en los dedos, unos dedos que no parecían tener la menor prisa por dejar de explorar su piel.

El corazón le golpeaba el pecho.

Transcurrieron los segundos y luego los minutos.

Le pasó un dedo por la mandíbula.

Bajó la mirada hasta su boca.

Layla estaba en absoluta tensión, pues no sabía

qué era lo que se hacía en tal situación. ¿Debía hacer o decir algo? ¿Sería una especie de prueba?

Recordó que Yasmin le había dicho que su esposa había sido una mujer impresionantemente bella.

¿Estaría comparándola con ella?

Cuando por fin habló, Layla percibió algo distinto en su voz, algo que no sabía identificar.

—Eres valiente.

Era un alivio que por fin hubiera algo que le gustara de ella, pero también era una decepción que, después de observarla tanto tiempo, solo hubiera encontrado eso que decir de ella.

—No soy valiente, me escapé del palacio —dijo porque se sentía obligada a decir la verdad.

—Y viniste en mi busca para ofrecérmelo todo, a pesar de que te aterra la idea.

—No estoy aterrada.

—Creo que hasta ahora has sido sincera conmigo. Te aconsejo que no dejes de serlo.

Dudó un momento antes de responder.

—No creo que vaya a hacerme daño.

Él la miró fijamente.

—No podré evitar hacerte daño... Si hubieras leído el libro, lo sabrías.

¿Se refería a un daño físico?

—Si duele, lo soportaré.

—Pareces decidida a hacerlo, pero tu proposición nos atará de por vida, así que te sugiero que lo pienses bien hasta que estés completamente segura de que es lo que quieres hacer.

–Por eso vine a proponértelo –¿por qué no dejaba de preguntárselo?–. La alternativa es atarme de por vida a Hassan y supongo que te darás cuenta de lo poco atrayente que es esa idea.

Vio un brillo distinto en sus ojos. No habría sabido decir si era admiración, lástima o quizá fuera que la situación empezaba a parecerle divertida.

–Eres fuerte y sincera, dos cosas por las que siento mucho respeto. Si es cierto que lo único que buscas en una relación es respeto, sí que puedo prometértelo –se puso en pie, seguro de sí mismo–. Voy a enviar a Salem a buscar a tu hermana para que la traiga. Es cierto que no hay tiempo que perder, así que nos casaremos dentro de una hora. Otra cosa, princesa... –se detuvo en la entrada de la tienda–. No necesitas el libro. Cuando llegue el momento, yo te enseñaré todo lo que necesites saber.

Capítulo 3

TENGO que buscar a una princesa que habla demasiado? ¿Qué clase de descripción es esa? Todas las mujeres hablan demasiado –Salem lo miraba desde lo alto de su caballo con gesto de incredulidad–. Si el caballo que robó es el que nosotros creemos, es un semental hecho para galopar a toda velocidad y sin necesidad de descansar. Puede estar muy lejos o quizá tirada sin vida en medio del desierto.

–Los dos sabemos que tienes la habilidad suficiente como para encontrar a quien haga falta –Raz cabalgaba al lado de su compañero y hermano–. Pero ten cuidado porque Hassan también estará buscándola.

–Y a ti. No deberías pedirme que me aleje de ti en estos momentos.

–No te lo pido, te lo ordeno.

–¿Es cierto que vas a casarte con la princesa esta misma noche?

–Es lo mejor que se puede hacer. En realidad es lo único que se puede hacer.

–Puede que sea lo mejor para Tazkhan, pero ¿y para ti?

Raz prefirió obviar la pregunta.

–Haz todo lo que esté en tu mano para encontrar a la princesa.

–Juraste que no volverías a casarte.

Nadie excepto su hermano se habría atrevido a hacerle un comentario tan personal, pero aun así, sus palabras fueron como un latigazo para Raz.

–Hay distintos tipos de matrimonios, este será un matrimonio de cabeza, no de corazón.

–La princesa es muy joven, ¿es esa la vida que quiere?

–Ella asegura que sí.

–¿Sabe lo de...?

–No –lo interrumpió Raz antes de que pudiera terminar la frase–. Pero es consciente de lo que puedo ofrecerle.

–¿Y te fías de ella? ¿Podrás vivir a su lado sabiendo quién es?

–Aprenderé a hacerlo –en lugar de pensar en su familia, la recordó recostada en su cama, apretando la túnica entre las manos. Recordó el libro que había escogido para aprender a desempeñar su nuevo papel. Pensó en el valor que habría necesitado para acudir a él–. Tiene muy poca experiencia en la vida.

–Sin embargo tú tienes demasiada. Tú no eres un hombre fácil, Raz... ¿estás siendo justo con ella?

–Intentaré ser lo más justo posible –dejó de tirar de las riendas e hizo avanzar a su caballo–. Estamos perdiendo el tiempo. Si quieres que mi prometida sea feliz, tráele a su hermana sana y salva.

–De acuerdo, pero cuídate mucho, hermano –le dijo, alejándose ya.

–Su Alteza dio orden de que le trajéramos ropa –la muchacha dejó un vestido sobre la cama mientras le dedicaba una mirada que daba cuenta del odio que sentía hacia ella.

–Gracias –Layla observó la maravillosa prenda de seda con un cinturón que la ajustaba a la cintura–. No esperaba un vestido –admitió. Y mucho menos un vestido como aquel. Un vestido romántico. ¿De dónde lo habría sacado?

Por un momento sintió pánico de que Raz al-Zahki pensara que en realidad ella albergaba algún tipo de esperanza sobre su relación, pero enseguida recordó que él sería la última persona en el mundo en alimentar falsas ilusiones.

–No puede casarse con su Alteza cubierta de polvo –le dijo la chica, sin poder disimular sus celos.

Era evidente que todos la censuraban, lo que hizo que Layla se sintiera terriblemente sola y echara aún más de menos a su hermana.

Habría querido decirle a aquella muchacha que no tenía nada por lo que sentirse celosa, que aquel matrimonio no era más que un gesto de lealtad hacia su país. Pero seguramente era obvio.

–El jeque y yo nos conocimos hace solo unas horas.

–Pero la ha elegido para que le caliente el lecho y el corazón. Es una gran responsabilidad.

La chica se retiró llevándose la tina de agua con la que Layla se había lavado, pero sus palabras se quedaron flotando en el aire. Por mucho que afirmara que aquella boda no tenía nada que ver con el amor, sino con el deber, en realidad sería la unión de un hombre y una mujer que iban a pasar la vida juntos. Y ni siquiera sabía si él podría tratarla con amabilidad después de todo lo que le había hecho sufrir su padre.

¿Qué más daba? La alternativa era casarse con Hassan y no podría haber nada peor que eso.

Pero cuando la muchacha volvió y empezó a peinarla mientras enumeraba las muchas cualidades de Raz, Layla no pudo evitar preguntarse si no habría cometido el peor error de su vida.

De pronto oyó ruido en el exterior y se enteró de que eran los invitados a la boda.

—Para los beduinos, una boda es la excusa perfecta para arreglarse y pasarlo bien. Se ha corrido la voz de que Su Alteza Real Raz al-Zahki va a casarse con Su Alteza Real la Princesa Layla de Tazkhan —la joven pronunció su nombre con evidente tensión—. Su Alteza quiere que venga toda la gente de los alrededores que sea posible. Es importante que haya testigos.

Eso significaba que quería que Hassan se enterara y se sintiese amenazado.

—Por mucho que me case con Raz al-Zahki, Hassan no se va a dar por vencido.

—Su Alteza sabrá cómo responderle.

A Layla le sorprendía que todos tuvieran tanta fe

en él porque ella estaba acostumbrada a vivir en un clima de negatividad y rencor, no de confianza.

Todo le resultaba desconocido, empezando por el vestido, porque jamás se había puesto nada tan hermoso. Le había tapado el cabello, ahora limpio y brillante, con un velo y le había acentuado los ojos con kohl y los labios con brillo.

No tuvo tiempo de echar un rápido vistazo al *Kama Sutra* que la ayudara a sentirse un poco más preparada para lo que le esperaba porque enseguida entraron a buscarla. Parecía que Raz al-Zahki y ella estaban de acuerdo al menos en una cosa, y era en que la boda debía celebrarse cuanto antes.

Y parecía también que él había cedido que hubiera el mayor número posible de testigos porque al salir de la tienda, Layla descubrió que se había congregado una gran cantidad de invitados mientras ella se lavaba y se vestía.

La ceremonia fue un acto apresurado sin la menor emoción.

Layla no apartó la mirada del frente en ningún momento, pero podía sentir miles de pares de ojos clavados en ella, algunos con curiosidad y otros con abierta hostilidad. Y en todo momento pudo sentir la presencia de Raz junto a ella, alto y poderoso, un hombre que estaba cumpliendo con su obligación por amor a su pueblo y dejando de lado sus propios deseos.

Al final de la ceremonia, Layla sintió cierto alivio al pensar que, pasara lo que pasara, ya no podría casarse con Hassan.

Pero al mirar a Raz, la realidad hizo que se olvidara de cualquier sensación de alivio.

Ahora vivía en terreno enemigo con un hombre que no tenía razón alguna para sentir por ella nada que no fuera odio.

La urgencia de aquel matrimonio no impidió que los invitados bailaran durante horas, hasta que Layla apenas podía mantenerse en pie por el agotamiento. Algo que Raz notó de inmediato como parecía notarlo absolutamente todo, desde el cambio de dirección del viento hasta que había un niño desatendido.

–Ven.

Fue solo una palabra, pero la pronunció con tal autoridad, que no se le ocurrió contradecirle. O quizá estaba demasiada absorta en lo que le esperaba.

Solo esperaba que los requisitos físicos de su relación no exigieran demasiada participación por su parte porque estaba segura de que se quedaría dormida en cuanto se pusiera en horizontal.

Estaban a medio camino de la tienda cuando se oyeron a lo lejos caballos y gritos. Raz la agarró de la mano y la apretó contra sí.

Un momento después, aparecieron dos hombres que recordaba haber visto al llegar al campamento y llevaban consigo al semental negro del jeque, el enorme caballo que se había convertido en parte de la leyenda de su dueño.

Raz habló con los dos hombres unos segundos antes de agarrarla de nuevo y subirla al caballo. Layla se agarró a la crin del animal con inseguridad y sin demasiadas ganas de volver a montar después de su reciente experiencia.

Poco después, Raz se montó detrás de ella, le echó una capa por encima de los hombros y un brazo a la cintura.

–Siento tener que hacer esto cuando aún estás magullada, pero Hassan ha descubierto que te has ido –le dijo al oído–. Está intentando encontrarte, por lo que es peligroso que nos quedemos aquí.

–Pero ahora estamos casados...

–Eso no le resta peligro a la situación. Sea como sea, ahora eres mi esposa y voy a protegerte. Tienes mi palabra.

Layla percibió la tensión en su voz y se preguntó si estaría pensando en su anterior esposa. ¿Se culparía por no haber evitado el accidente que había acabado con su vida?

–Pero te voy a frenar. No sé montar.

–Yo soy el que va a montar, tú solo serás la pasajera.

–Me caeré –en cuanto miró al suelo, lamentó haberlo hecho porque se dio cuenta de lo alto que era aquel animal.

Pero entonces sintió el brazo de Raz alrededor de la cintura.

–Yo no voy a dejar que te caigas.

–¿No podemos ir en helicóptero o en un todoterreno?

–Ya lo hacen mis hombres para despistar. Nadie esperará que nosotros vayamos a caballo, así que es lo menos peligroso.

Estaba claro que su concepto de peligroso era muy diferente al que tenía ella. Apretó las piernas contra el caballo y sintió el calor del animal en los muslos.

–No voy vestida para esto.

–No hay tiempo para cambiarse, pero estarás bien. Confía en mí.

Layla estaba a punto de decirle que no confiaba en él ni más ni menos de lo que confiaba en sí misma, pero de pronto el caballo echó a correr y solo pudo cerrar los ojos con todas sus fuerzas.

–¿No es muy arriesgado cabalgar de noche?

–Sí, por eso Hassan no pensará que vamos a caballo.

–¿Se supone que eso tiene que tranquilizarme? –Layla creyó oírlo reír, pero debió de ser el viento porque no tenía sentido que alguien encontrara divertida aquella situación.

–Conozco tan bien el terreno como tú el palacio. Vamos a seguir el río y a guiarnos por las estrellas. Ahora relájate e intenta adaptarte al ritmo del caballo. Si estás tan tensa, te va a resultar mucho más incómodo.

Se dijo a sí misma que la otra vez que había montado no lo había hecho con un jinete experto que la rodeaba con su brazo.

–Tápate la boca con la capa.

Pensó preguntarle adónde se dirigían, pero creyó que sería inútil hacerlo y, además, le pareció mejor idea mantener la boca cerrada para que no se le llenara de arena. Enseguida se dio cuenta de que, efectivamente, no hacía falta que hiciera nada porque él llevaba el control del caballo con una sola mano, mientras con la otra la agarraba firmemente.

Sentía el ruido que hacían las patas del caballo en la arena, la presión de los muslos de Raz y la caricia de la brisa fresca en la cara. De pronto la invadió una sensación que no reconoció hasta que, pasados unos segundos, descubrió que era excitación. Sabiendo que no tenía ninguna responsabilidad, lo cierto era que montar a caballo a aquella velocidad le pareció la experiencia más emocionante de su vida. Era lo más cerca que había estado nunca de la libertad y era tan agradable que esbozó una sonrisa. No recordaba cuándo había sido la última vez que había sonreído, pero eso fue lo que le provocó el saber que aquel caballo la alejaba más y más de Hassan. Tenía la impresión de que era el final de algo... hasta que recordó que Hassan no se rendiría tan fácilmente.

Y que Yasmin estaba perdida en medio del desierto.

La sonrisa desapareció de su rostro.

Deseaba con toda su alma que Salem fuera tan buen rastreador como decían y que no tardara en encontrar a su hermana.

Llevaban horas cabalgando cuando el sueño empezó a hacer estragos. Debió de quedarse dormida sin querer porque se despertó al sentir que se golpeaba la cabeza contra su hombro, pero entonces Raz se movió ligeramente para ofrecerle un lugar donde descansar la cabeza.

–Duerme, princesa.

Le hizo caso porque no podía hacer otra cosa que rendirse al agotamiento provocado por los acontecimientos de las últimas veinticuatro horas. El último pensamiento coherente que tuvo fue que nunca se había sentido más segura que estando apoyada contra su pecho.

Capítulo 4

DORMÍA acurrucada contra él, mecida por el movimiento del caballo.

Su proximidad le inquietaba tanto como el haber descubierto que no se parecía en nada a la mujer que había imaginado cuando había oído hablar de ella. Había dado por sentado que sería una joven malcriada y privilegiada. Nada más verla en su tienda había supuesto también que era una oportunista que quería cambiar de bando solo para protegerse de un inevitable cambio de poder.

En algún momento entre su llegada al campamento y el momento en que se había quedado dormida, había tenido que replantearse la idea que tenía de ella y ahora se veía obligado a admitir que no tenía ni idea de con quién estaba tratando.

Las luces del amanecer empezaban a iluminar el desierto y a lo lejos aparecieron ya las siluetas de los árboles y las tiendas de campaña que se agrupaban en el pequeño oasis donde se encontraba uno de sus lugares preferidos del mundo.

Se le estremeció el corazón, como le ocurría siempre que llegaba allí.

Quizá no debería haber llevado a la princesa, pero tampoco tenía otra opción.

La gente no tardó en darse cuenta de su presencia y en salir de las tiendas. Raz detuvo el caballo.

–¿Princesa? –le dijo en voz baja.

Ella movió la mano que tenía sobre su manga. Raz la miró y se dio cuenta de que hasta ese momento no había visto nada de su cuerpo que no fuera la cara.

–¡Layla! –la llamó por su nombre por primera vez y entonces sí la despertó.

–¿Me he quedado dormida?

–Hace varias horas –le dijo antes de bajar y tenderle la mano para ayudarla a hacer lo mismo.

Ella echó las piernas a un lado y bajó sin protestar, pero en cuanto puso los pies en el suelo, puso cara de dolor y tuvo que agarrarse al caballo para no perder el equilibrio. Habían cabalgado durante horas cuando aún no estaba recuperada de las magulladuras y los dolores provocados en la huida de la ciudadela.

–Tus músculos no tardarán en acostumbrarse a montar –le aseguró Raz.

–Estoy bien –mintió ella.

–Sé que te gustaría no tener que volver a ver un caballo en toda tu vida, pero me temo que los caballos son una parte muy importante de mi vida –le explicó con voz seca–. Tengo varias cuadras; dos en Estados Unidos, una en Inglaterra y otra aquí, en Tazkhan.

–Lo sé. Su especialidad son los caballos de carreras y los sementales que cubren a las yeguas que le envían desde todas las partes del mundo. Sé que formó parte de un equipo de resistencia con Raja, su caballo preferido.

Raz disimuló su sorpresa.

–Veo que sabes mucho sobre mis caballos.

–De sus caballos no sé absolutamente nada –ahora era ella la que hablaba con sequedad–. Pero intentaré aprender.

–¿Es eso lo que quieres?

La vio titubear un instante.

–Claro, aunque no puedo prometer que se me dé bien. No soy muy coordinada y creo que a los animales no les gusto –se volvió hacia el animal y le puso la mano en el cuello con inseguridad–. ¿Este es Raja? Le estoy muy agradecida por no haberme tirado.

–Yo mismo lo crié.

–Es precioso, pero enorme.

Debía de sentirse más fuerte porque se apartó del animal y miró a su alrededor por primera vez.

–¿Dónde estamos? ¿Vamos a quedarnos con esta gente? ¿No les molestará? ¿Seremos bienvenidos?

No había ni un lugar en el desierto donde él no fuera bienvenido, pero eso no se lo dijo.

–Los beduinos se enorgullecen de su hospitalidad. Cualquier visitante puede quedarse tres días y tres noches, después de eso se considera que ha tenido tiempo suficiente para reponerse del viaje y poder continuar.

–¿Es eso lo que vamos a hacer nosotros?

Raz no respondió. No estaba acostumbrado a contarle sus planes a nadie, y mucho menos a la hija del hombre que le había destrozado la vida.

–Este oasis es famoso por su belleza. Aquí podrás descansar, sabiendo que estás segura.

–¿Y mi hermana?

–Cuando sepa algo de Salem, te lo diré. Ahora tengo cosas que hacer.

La princesa no le preguntó nada más, se quedó mirando las dunas, teñidas de rojo por el amanecer, como si fuera la primera vez que veía el desierto, y Raz se encontró mirándola a ella. Debía de estar agotada y dolorida después del viaje, pero no se había quejado ni una sola vez.

Raz se preguntó en qué estaría pensando.

¿Seguiría alegrándose de no haberse casado con Hassan?

¿Estaría nerviosa? ¿Lamentaría haberse casado con un hombre al que no conocía?

Sintió el impulso de ponerle la mano en el hombro, pero cambió de opinión antes de llegar a tocarla.

–Las aguas del oasis son muy buenas para el dolor muscular.

–Lo tendré en cuenta, gracias.

En ese momento Raz vio salir a una mujer de una de las tiendas y lamentó no haber podido preparar mejor aquel momento, pero el mundo casi nunca era cómo a él le gustaría.

–Esta es Nadia. Si necesitas algo, ella te ayudará.

Nadia miró a Layla y luego a él, incapaz de ocultar su tristeza.

–¿Entonces es cierto? ¿Te has casado con ella?

Le tembló la voz y Raz le lanzó una mirada de advertencia.

–Sí y quiero que la atiendas bien.

Por un momento pensó que iba a negarse a hacerlo. Al mirarla a los ojos se preguntó si sus sentimientos eran más complicados de lo que había creído.

–Claro –dijo por fin, asintiendo levemente–. Venga por aquí, Alteza –dijo, casi entre dientes.

Raz lo pasó por alto porque era consciente de que la noticia de su repentino matrimonio debía de haber sido un golpe para ella. Miró a Layla para ver si le había molestado la hostilidad de la otra mujer.

–Date un baño, come algo y descansa –le dijo–. Yo te veré más tarde.

Bañarse, comer y descansar.

Todo ello parecía conducir a una misma cosa. La noche.

«Yo te veré más tarde».

Layla intentó no pensar demasiado en ello. Solo era algo que debía hacer, nada más. Lo soportaría como había soportado el viaje a caballo y muchas otras cosas incómodas en su vida.

–Su Alteza ha dicho que debe usted bañarse para que el agua le alivie el dolor muscular.

No se podía decir que Nadia la tratara con amabilidad, Layla empezaba a acostumbrarse a esa actitud por parte de todos los que rodeaban al jeque, pero se preguntó qué tipo de relación tenía la chica con Raz porque era obvio que se conocían bien.

Quizá había sido su amante, algo que no le importaba en absoluto.

El sol calentaba ya con fuerza, por lo que se quitó la capa. Al volver a mirarla, Nadia se quedó pálida.

–¿De dónde ha sacado ese vestido?

Layla se miró y vio que la tela estaba sucia de arena y polvo.

–Me lo dieron. ¿Por qué?

–Por nada –respondió la otra mujer, apretando los labios hasta dejarlos blancos–. Le dejaré algunas toallas sobre las piedras.

–Yo no sé nadar –reconoció Layla–. Es muy profundo.

Nadia siguió caminando por el sendero.

–No si se mete por las rocas que hay más lejos del camino.

Layla repitió aquellas palabras en su mente para memorizarlas bien y no equivocarse.

El primer vistazo del campamento no le había hecho imaginar la impresionante belleza de aquel oasis. Bajo la sombra de las palmeras de dátiles, había una pequeña laguna que resultaba muy tentadora después del largo y polvoriento camino.

Las palmeras y los limoneros impedían que la laguna se viera desde el campamento, solo había una tienda lo bastante cerca.

–Esa es la tienda de Su Alteza –le explicó Nadia señalándola–. Si necesita algo, solo tiene que llamarme, pero no se preocupe, que la laguna es muy segura durante el día. Voy a buscar las toallas.

Layla no le preguntó qué pasaba durante la noche, estaba ocupada pensando quién le habría cedido su tienda al jeque. Era evidente que tenía una posición privilegiada; apartada de las demás y junto a la laguna, que funcionaba como una piscina privada.

Aunque no tan privada.

Layla miró a su alrededor y se dio cuenta de que en cualquier momento podría pasar alguien por allí, así que decidió dejarse puesto el vestido, que de todos modos ya estaba estropeado.

Se quitó el cinturón y se metió al agua por las rocas que le había indicado Nadia.

Estiró las piernas intentando encontrar el fondo... pero no había fondo.

Cuando se dio cuenta de la profundidad que tenía ya era demasiado tarde, intentó agarrarse a la roca, pero estaba muy resbaladiza y el peso del vestido mojado tiraba de ella hacia abajo. Fue entonces cuando se le pasó por la cabeza que Nadia le había dicho deliberadamente que entrara por la parte profunda.

Movió las piernas y los brazos, pero el agua no dejaba de entrarle en la boca y en los oídos, y el vestido no dejaba de empujarla hacia el fondo.

Justo cuando pensaba que no podría salir con vida, sintió un movimiento en el agua y unas manos fuertes que tiraban de ella hacia la luz. Salió a la superficie tosiendo.

–¿Es que intentas ahogarte? –Raz la puso encima de las rocas antes de salir del agua y sentarse a su lado–. ¿Cómo se te ocurre bañarte con el vestido puesto?

Layla no podía responder, estaba ocupada tosiendo e intentando no vomitar.

Lo oyó maldecir en voz baja mientras le retiraba el pelo de la cara.

–Ya estás bien –le dijo–. Ha sido una suerte que decidiera venir a ver qué tal estabas–. Pero no entiendo cómo ibas a nadar con eso puesto.

–No pretendía nadar. No sé nadar. Solo iba a remojarme un poco.

–¿Completamente vestida?

Al oírselo decir a él, le pareció una idea ridícula y se sonrojó.

–Pensé que si pasaba alguien, me vería y, como el vestido ya se había estropeado, se me ocurrió dejármelo puesto y meterme a chapotear un poco.

–¿Por la parte más profunda?

–Pensé que era por donde no cubría –Layla lo miró y vio que sus ojos adquirían un brillo peligroso.

–¿Por qué pensaste eso? ¿Quién te dijo que aquí no cubría?

No iba a decírselo para que aquella mujer la odiara aún más.

–Ha sido culpa mía –murmuró–. Debería haberlo comprobado antes.

Sin decirle nada, Raz le desabrochó el vestido.

–Quítate esto y ve al otro extremo donde solo te

cubre hasta la cintura. Allí estarás a gusto y te prometo que nadie te molestará.

–¿Dónde vas tú?

–Tengo pendiente una conversación que no puedo aplazar –le explicó con la voz llena de furia antes de ponerse en pie y echar a andar hacia la tienda.

Poco después, Layla oyó la voz de Raz y cerró los ojos porque, si Nadia la había odiado antes, iba a odiarla más cuando Raz acabara de hablar con ella. Creyó oír sollozos y lamentó que la situación estuviese complicándose tanto y, sin conocer bien los hechos, no sabía muy bien qué hacer.

Decidió entretenerse con los asuntos prácticos; se quitó el vestido y se metió de nuevo en la laguna por donde de verdad no cubría. Lo hizo más por no dejar que la venciera el miedo que por lavarse. Esa vez le alivió sentir el fondo bajo los pies.

Mientras se bañaba, le sorprendió oír a lo lejos risas de niños. No esperaba que allí hubiera niños, pero lo que más le sorprendió fue oírlos reír porque ni siquiera recordaba la última vez que había oído reír así a un niño. Se acordó de todas las veces que había tenido que taparle la boca de niña a su hermana para que nadie oyera sus risas. Pero allí nadie trataba de enmudecer las risas, sino que los niños jugaban libremente.

Al pensar en su hermana volvió a sentir el nudo en la garganta.

¿Dónde estaría?

Si seguía con vida, Layla no volvería a quejarse por nada nunca más.

Le dieron ganas de ir a ver a los niños, pero ya había recibido suficiente hostilidad para un día, así que se limitó a taparse con las toallas y dirigirse a la tienda, rezando para que no estuviera allí Nadia.

Nada más llegar a la puerta, se quedó paralizada.

Había imaginado algo sencillo, pero aquella tienda de campaña no solo estaba completamente amueblada, sino que además estaba lujosamente decorada en tonos rojos y morados. Había un rincón cubierto con enormes almohadones y una cama baja con sábanas de seda y un edredón grueso para las frías noches del desierto.

Era un lugar de ensueño.

Un lugar, Layla tuvo que tragar saliva... muy romántico.

Alguien había dejado comida sobre una mesa, pero Layla no podía pensar en comer después de todo lo sucedido. ¿De verdad Nadia la odiaba tanto como para querer que muriera? ¿Qué le habría dicho Raz para provocarle semejante reacción?

Se puso la ropa y se sentó en los almohadones. Sin nada más con lo que entretenerse que su imaginación, pasó el día dando tantas vueltas a la cabeza que cuando por fin apareció Raz, estaba hecha un manojo de nervios.

–No has tocado la comida –fue lo primero en lo que se fijó él–. ¿Te encuentras mal después del incidente de la laguna?

–No, pero no tengo hambre.

–Si no comes, te pondrás enferma.

No le dijo que ya se encontraba como si estuviese enferma, ni que los nervios le habían provocado un nudo en el estómago que no le dejaba espacio para la comida.

–No voy a ponerme enferma. Estoy en muy buena forma.

–Pero no sabes nadar.

–En el palacio no había ningún lugar en el que nadar, así que nunca tuve oportunidad de aprender.

–Pues eso hay que arreglarlo –se asomó a sus labios algo parecido a una sonrisa–. Nadar en un oasis es uno de los grandes placeres de la vida.

El corazón le latía con tal rapidez que tenía miedo de desmayarse y, cuando él la agarró de la mano y la acercó hacia sí, dejó de respirar.

–Siento lo que te ha pasado antes.

–¿Nadia es...?

–No quiero hablar de Nadia. No tiene nada que ver con lo que está pasando entre tú y yo y ya me he encargado de ella. Ahora necesitas relajarse –le dijo con voz suave mientras le retiraba el pelo de la cara–. Estás muy tensa y no tienes por qué estarlo.

–No estoy tensa.

–Claro que lo estás y es normal –jugueteaba con un mechón de su pelo–. Estoy seguro de que no es así como soñabas que fuera tu noche de bodas.

–Nunca soñé con mi noche de bodas. No soy una persona muy soñadora, Alteza.

–Raz –frunció el ceño al notar que Layla se apartaba–. No tienes por qué tenerme miedo.

No era el miedo lo que hacía que se le encogiera

el estómago, pero tampoco sabía bien lo que era porque no reconocía aquella sensación.

Lo único que sabía era que jamás se había sentido tan incómoda en toda su vida. Estaba claro que él pensaba que se había pasado sus años de formación soñando con bodas y finales felices, pero lo cierto era que no podría haber nada más lejos de la realidad.

–No soy una persona romántica –le recordó–. Pensé que ya se lo había dicho. Espero que no suponga un problema. Imaginaba que preferiría que fuera así.

Quizá esperaba que se enamorara de él locamente, pero ella sabía que eso no ocurriría jamás.

En la tienda hacía mucho calor y él estaba tan cerca que también podía sentir el calor de su cuerpo. Layla no tenía ni idea de lo que debía hacer. ¿Acaso se suponía que tenía que besarlo? ¿O sería él el que debía dar el primer paso?

Layla habría deseado tener tiempo para estudiar las distintas opciones.

Lamentaba no haber leído aquel libro hacía mucho, en lugar de haberlo agarrado en el último momento, antes de escapar del palacio y de su antigua vida.

Había tantas cosas que no sabía. Para empezar, había dado por hecho que todo sucedería más rápido, pero él parecía querer tomarse su tiempo. Había bajado la mano de su pelo a su mejilla y el modo en que movía los dedos no dejaba de inquietarla.

El estómago se le encogió aún más y se le aceleró el pulso de nuevo.

Quería apartar la mirada de él, pero sus ojos parecían haberla atrapado. Entonces vio que bajaba la vista hasta su boca y volvió a sentirse rara. Y más rara se sintió al oír sus palabras:

–¿Con qué soñabas entonces mientras crecías en palacio?

¿Cómo iba a responderle a eso? No había tenido ocasión de pensar en otra cosa que no fuera sobrevivir y proteger a su hermana.

–La verdad es que no soñaba. Prefiero centrarme en las cosas reales y tangibles.

–¿No deseabas nada para el futuro?

–Si deseaba algo, era que el futuro fuera mejor que el presente –lo vio fruncir el ceño mientras le pasaba un dedo por la mandíbula.

–¿El presente era muy duro para ti?

¿Qué podía decirle? Estaba segura de que el de él había sido mucho peor; había perdido a su padre y a la mujer que amaba.

–Bueno, tenía a mi hermana.

–Eso es una evasiva –dijo, a punto de sonreír de nuevo–. Pero te lo permito porque en nuestro dormitorio no hay sitio para el pasado.

«Nuestro dormitorio».

Le tomó el rostro entre las manos y se lo levantó suavemente hacia el suyo.

–Si hago algo que no te guste, dímelo –le susurró.

Apenas tuvo tiempo de pensar lo extraño que era que le dijera eso, pues estaba segura de que no le iba a gustar nada de aquello. Entonces inclinó la cabeza hacia ella y Layla se quedó inmóvil.

Sintió el suave roce de su boca, que apenas le tocaba los labios. Cuando Layla empezaba a preguntarse por qué tardaba tanto o si debía hacer algo, él le echó la cabeza hacia un lado y la besó.

Layla esperaba algo mucho más brusco y quizá por eso le sorprendió su suavidad. También le sorprendió sentir esa tensión en el estómago y esa calidez que le recorrió el cuerpo. Sintió el roce de su lengua y no pudo por menos que abrir los labios con asombro y confusión.

Algo que debían de ser los nervios la hizo estremecerse y tuvo que agarrarse a sus brazos. Sintió la fuerza de sus músculos, una fuerza que no estaba utilizando en absoluto para besarla y acariciarla mientras la miraba de un modo que hacía que se sintiera consciente de todo su cuerpo.

Layla jamás había sentido nada parecido y eso le hizo sentir miedo porque le gustaba comprender y racionalizar las cosas. Sin embargo, no había modo de comprender el calor que estaba invadiendo su cuerpo y que parecía estar a punto de derretirla por dentro.

La estrechó entre sus brazos, apretándola contra sí. Layla sintió la fuerza de su cuerpo, la prueba de su masculinidad, y descubrió que las obras de Miguel Ángel no lo contaban todo.

Layla estaba confundida por todas aquellas sensaciones que la invadían.

—Bésame.

Aquella suave orden hizo que Layla levantara la mirada hasta sus ojos. Mientras lamentaba no conocer mejor la técnica, acercó los labios a los de él y pensó preguntarle si lo estaba haciendo bien, pero entonces sintió que la apretaba aún más y se olvidó de todo por un momento. Sabía que tenía las mejillas sonrojadas y que sus labios sabrían a confusión e inseguridad, pero seguía besándola tan despacio que era una verdadera agonía.

La besó hasta que todo desapareció a su alrededor y Layla no veía otra cosa que no fuera él. Después la levantó en brazos y la llevó hasta la cama. Se le pasó por la cabeza la idea de decirle que podía ir andando, pero en realidad no estaba segura de poder hacerlo, así que guardó silencio.

La luz era muy tenue, pero no tanto como para no poder verle la cara, lo que le hizo acordarse de cuando Yasmin le había dicho lo guapo que era. En aquel momento no había alcanzado a comprender que su hermana hablase de él con tanta pasión, pero ahora ella misma sentía esa pasión y ese calor.

Sin dejar de besarla ni un instante, Raz la despojó de la ropa con una habilidad impresionante. Layla tuvo que resistir la tentación de cubrir su desnudez. Nunca se había sentido tan fuera de lugar y tan insegura; lo único que pudo hacer fue mirarlo mientras se quitaba la camisa sin apartar los ojos de ella ni un instante.

Layla apenas podía respirar porque, a pesar de su falta de experiencia y de su desinterés por el cuerpo masculino, debía reconocer que estaba perfectamente proporcionado.

No pudo evitar pasear la mirada por sus hombros

y por su pecho, ligeramente cubierto de vello oscuro, y más abajo, hasta el abdomen. No bajó más
la mirada porque él le levantó la cara y la obligó a
mirarlo a los ojos.

–Estás asustada.

–No –respondió con un susurro–. Pero me gustaría haber podido leer más.

–No todas las respuestas están en los libros –le
puso una mano en el cuello–. Quizá sepas más de
lo que crees. Déjate llevar por tu instinto.

Quiso decirle que no tenía instinto alguno en lo
que se refería a los hombres, pero se sintió incapaz
de hacerlo y, cuando quiso darse cuenta, tenía la
lengua dentro de la boca de él y se oyó gemir.

Y descubrió que sí tenía instinto porque fue el
instinto lo que la llevó a sumergir las manos en su
pelo y a responder a sus seductores besos con deseo. Fue el instinto lo que la llevó a apretarse contra
él. Después se preguntaría cómo era posible que un
beso pudiese desencadenar una reacción en todo el
cuerpo, pero en aquel momento no podía preguntarse nada más que qué iba a pasar a continuación.

Lo que ocurrió fue que Raz le besó el cuello lentamente, entreteniéndose del mismo modo que lo
había hecho antes. Layla se quedó inmóvil mientras
sentía el calor y la humedad de su lengua en el cuello y luego más bajo, en los pechos.

Observó con fascinación que se le habían endu-
recido los pezones antes incluso de que él acariciara
con la lengua una parte de su cuerpo que nunca nadie había tocado antes. La sensación fue tan intensa

que sintió un calor húmedo entre las piernas y unas ganas irrefrenables de gritar, pero se mordió el labio inferior para no hacerlo. Después de un pezón, se encargó del otro y, cuando hubo terminado, levantó la mirada hasta sus ojos. A Layla le resultó imposible no mirarlo.

Se quedaron mirándose el uno al otro durante varios segundos.

Había en sus ojos una dureza y una frialdad que Layla deseaba no haber visto. A continuación, él apagó la única vela que iluminaba la tienda y lo dejó todo a oscuras.

Ya no podía ver, pero sí sentir, lo que hizo que las sensaciones se hicieran aún más intensas porque toda su atención estaba centrada en ese sentido, en el tacto.

Se preguntó si sabría lo que le estaba haciendo sentir y desear... algo. Por supuesto que lo sabía. Una vez más, recordó las palabras de su hermana cuando le había contado que los rumores afirmaban que Raz era un magnífico amante. Ahora sabía que esos rumores eran ciertos.

Ahora comprendía que le hubiera dicho que él le enseñaría todo lo necesario.

Le daba cierta vergüenza que conociera su cuerpo mejor que ella misma, pero no tanta como la que sintió cuando le abrió las piernas suavemente y bajó la mano que le había puesto en el abdomen. No sabía si hacía las cosas tan despacio por respeto a su falta de experiencia o simplemente para torturarla. Lo que sí sabía era que, sin darse cuenta, había comenzado a mover la pelvis contra su mano. De pronto sintió sus dedos en la parte más íntima de su cuerpo, acariciándola y explorando hasta que la respiración se le aceleró y agarró las sábanas con fuerza.

Jamás habría imaginado que pudiera sentir algo así.

No veía nada, por eso no estaba preparada cuando de pronto sintió su boca y su lengua en el mismo sitio donde habían estado sus dedos. La sorpresa fue tan grande que intentó apartarlo, pero él la agarró de las muñecas y siguió con lo que estaba haciendo. Y resultó ser algo increíblemente placentero, algo que hizo una y otra vez hasta que se quedó temblando y empapada, hasta que las sensaciones se hicieron más fuertes que la vergüenza y el calor de su cuerpo fue tan intenso que creía que iba a explotar.

Sabía que había algo más, que su cuerpo estaba tratando de llegar a algo y se movió con inquietud intentando encontrarlo, pero entonces él se movió también y se colocó encima de ella.

–Voy a intentar no hacerte daño...

Una vez más, Layla agradeció la oscuridad cuando, al abrir más las piernas, quedó completamente abierta a él y sintió la suavidad de su masculinidad contra su humedad y el calor de su respiración contra la boca.

La besó suavemente mientras dejaba que se acostumbrara a sentirlo tan cerca antes de adentrarse en ella muy despacio, controlándose de tal modo que la incomodidad de Layla debía de ser insignificante comparada con la frustración que sin duda estaba sintiendo él. El dolor se mezcló con el placer. Layla sintió que el interior de su cuerpo se estiraba para él, sintió su calor y su poder. Cuando él le levantó las nalgas para sumergirse aún más, salió de su boca un rugido de placer y ella se sorprendió de estar compartiendo algo tan íntimo con un hombre.

—¿Estás bien? —le preguntó él con una voz profunda y masculina.

Layla abrió los ojos y respondió que sí, aunque no sabía si era cierto.

No estaba bien. Con él dentro, se sentía vulnerable y tan insegura como se había sentido en la laguna, pero en lugar de ahogarse en el agua, esa vez lo que la ahogaban eran las sensaciones.

No comprendía lo que estaba ocurriendo, pero sabía que quería que continuase, lo necesitaba, y cuando él inclinó la cara y la besó, ella respondió sin dudarlo.

Se retiró ligeramente solo para volver enseguida. Layla descubrió que era más fácil si se relajaba y que, cuando él cambiaba de ángulo, el placer era mayor. Seguía moviéndose y besándola sin parar y ella no reconocía nada de lo que le ocurría a su cuerpo, no sabía nada... pero él sí y estaba valiéndose de ese conocimiento para llevarla más y más lejos, hasta que ocurrió algo muy extraño, algo desconocido y muy emocionante, hasta que un grito de éxtasis salió de su boca en contra de todos sus intentos de guardar silencio.

Él atrapó el grito con su boca y siguió besándola

mientras ella apretaba el cuerpo contra su masculinidad. Sintió la tensión de sus hombros y luego lo
oyó gemir al tiempo que se quedaba completamente
rígido. Era la experiencia más emocionante, intensa
y explosiva que había vivido nunca. Después, Layla
se quedó inmóvil bajo su peso, con la certeza de que
llevaba veintitrés años viviendo consigo misma y
no se conocía en absoluto.

Ni siquiera habría podido imaginar que fuera capaz de sentir algo así.

De pronto, todo lo que creía saber de sí misma
le parecía una falacia. Nunca se había considerado
una persona romántica, ni especialmente sensible
en el terreno físico. Nada podría haberla preparado
para lo que acababa de experimentar y ahora sabía
que tampoco podría haberlo hecho un libro.

Nada que leyera podría haberla preparado para
aquel placer.

Layla se quedó allí, asombrada y desconcertada,
sin saber qué decir. Acababan de compartir la mayor intimidad posible, pero seguían siendo dos desconocidos.

Antes de que se le ocurriera algo adecuado que
decir, él se apartó de ella y se levantó de la cama.
Mientras lo oía vestirse en la oscuridad, Layla se
preguntó si era normal que el hombre se levantara
de la cama después, o quizá aquella reacción tenía
algo que ver con su primera esposa.

¿Sería por eso por lo que había apagado la vela,
para poder imaginar que estaba con otra? ¿O porque
no soportaba ni mirarla?

Parecía que iba a salir de la tienda sin mirarla siquiera, pero entonces se detuvo, ya con la mano apartando la tela de la entrada. La luz de la luna se coló en el interior de la tienda y Layla pudo verlo bien. Vio el gesto duro de su hermoso rostro y la frialdad de sus ojos, tan negros como la noche.

Lo miró en silencio, intentando comprender lo que estaba ocurriendo. Pero no tenía la menor idea de lo que significaba su mirada, ni de lo que pensaba.

Deseó no haber abierto los ojos y haber fingido que dormía, cualquier cosa que la hubiera ayudado a evitar una situación tan desconcertante.

¿Debería decir algo? ¿Acaso él esperaba que dijera algo?

Y, entonces, antes de que decidiera si hablar o no, Raz se dio media vuelta y salió de la tienda, dejándola sola.

Capítulo 5

POR muy deprisa que galopara, no conseguía escapar de sus sentimientos. Llevaba en la boca el amargo sabor de la traición y el pasado era una herida abierta que no había manera de curar.

Tenía multitud de cosas de las que ocuparse, pero lo único en lo que podía pensar era en Layla.

El desprecio que había sentido toda la vida por su familia había hecho que recibiera su ofrecimiento con desconfianza, y ni siquiera cuando se había dado cuenta de que no era la joven mimada y arrogante que él creía había ablandado su actitud.

Pero ahora llevaba su olor pegado a la piel y el sonido de sus suaves gemidos retumbaba en su cabeza.

De pronto la imaginó escondiéndose el *Kama Sutra* antes de abandonar el único hogar que había conocido, la vio montándose a un caballo a pesar de no saber montar y yendo en busca de un hombre que odiaba a su familia, dispuesta a casarse con él para proteger a su hermana.

La recordó estremeciéndose bajo sus manos mientras le mostraba lo que podía hacer y sentir su cuerpo.

La imagen le provocó un repentino calor que le hizo maldecir en voz baja.

Pero por mucho que la respetara y mucha química que hubiera entre ellos en la cama, Raz seguía sin estar preparado para sentir nada por otra mujer, y tampoco quería que ella sintiera nada por él.

¿Sería lo que parecía ser, o sería una oportunista que había querido protegerse cambiando de bando?

La enemistad entre sus familias le había hecho desconfiar de todo lo que procediese de ellos. Entonces ¿por qué le daba tanta rabia haberle hecho daño?

Con la mirada clavada en el amanecer, Raz se dijo a sí mismo que era mejor sentir rabia que otras emociones más tiernas, capaces de acabar con un hombre más rápido que una espada.

—No debería estar aquí solo, Alteza —era Abdul, que nunca se alejaba demasiado de él.

—No parece que esté tan solo —respondió Raz con una ironía que su consejero prefirió no oír.

—Sé que esto es difícil para usted, pero ha hecho lo que debía hacer casándose con ella.

—¿De verdad? —lamentó haber hablado con dureza porque no tenía la costumbre de revelar su debilidad—. Tenemos que vigilar a Nadia.

—Sí. Supongo que estará muy molesta, pero su esposa sabrá afrontarlo. Parece una joven muy sensata.

Raz podría haberle dado la razón, pero sabía que no era su sensatez ni su lógica lo que lo atormentaba.

Era algo mucho más íntimo e infinitamente más peligroso.

Layla despertó lentamente. Oyó animales, risas de niños y voces de adultos. Ninguna de ellas era la de Raz.

Su lado de la cama estaba frío.

A ella le dolía el cuerpo, lo que hacía que le resultara imposible olvidar lo que habían compartido la noche anterior.

¿Sabría lo que le había hecho sentir?

Por supuesto que lo sabía. Era un gran conocedor de la materia; en todo momento había sabido lo que le estaba haciendo.

Lo que no podía saber era lo que le había hecho sentir por dentro. ¿Cómo iba a saberlo si ni siquiera lo entendía ella?

Se llevó la mano al pecho, bajo las sábanas, aún estaban sensibles por el roce de su boca y de su barba. La había tocado y luego...

−¿Alteza?

Era Nadia, de pie en la entrada de la tienda, con la mirada clavada en la ropa que había quedado amontonada en el suelo.

−Me han pedido que la ayude a vestirse y le traiga cualquier cosa que necesite.

Layla no tenía ni idea de lo que necesitaba. Se sentía como un rompecabezas que alguien hubiera tirado al suelo. No sabía cómo colocar de nuevo las piezas, ni tampoco sabía cómo hacer las paces con

Nadia. No le gustaba ver el dolor que sentía y saber que, en cierto modo, ella era la causa de dicho dolor.

Era la primera vez que se veían desde el incidente de la laguna, pero Layla pensó que Raz ya le habría dicho todo lo necesario, así que no sacó el tema.

—No necesito nada, gracias.

Pensó en preguntarle dónde estaba Raz, pero no quería que supiese lo mucho que le importaba su ausencia. Entonces se preguntó si Nadia estaría enamorada de Raz, o si la trataba así simplemente por ser quien era. Al final pudo más la preocupación que el orgullo.

—¿Ha visto a Su Alteza?

—Dicen que ha ido a ver a Hassan para hablar con él. Si lo matan, la culpa será de usted —le dijo antes de salir de la tienda.

No le preocupaba que Raz no fuera lo bastante fuerte para enfrentarse a él, sino lo que pudiera hacer Hassan ahora que se sentía acorralado.

La preocupación hizo que las horas se le hicieran eternas. Sin una biblioteca cerca, no tenía nada con lo que distraerse y relajarse. Le habría encantado poder hablar con alguien, pero nadie se acercaba a ella. Se dio cuenta de que, cuando le había propuesto a Raz que se casara con ella, no se había parado a pensar cómo reaccionarían los demás.

¿Pensarían todos que había puesto en peligro a Raz? ¿Y si Nadia tenía razón? ¿Y si Hassan los encontraba allí?

Fue el día más largo de su vida, un día que pasó sola, sentada en el oasis, consciente de un dolor que no reconocía.

De vez en cuando oía risas de niños y se acordaba tanto de su hermana que se le hacía un nudo en la garganta. ¿Dónde estaría? ¿Estaría bien? ¿La habría encontrado Salem?

Si Hassan la había encontrado antes que Salem, quizá estuviera ya rumbo a Estados Unidos.

El ruido de gente fue desapareciendo hasta que solo quedaron los sonidos de la noche. Layla estaba tan tensa que podía oír su propia respiración mientras se preguntaba una y otra vez si iba a volver Raz y si sería como la noche anterior. Esas preguntas estuvieron rondándole la cabeza hasta que acabó quedándose dormida. Cuando despertó había ya luz afuera, pero su mitad de la cama seguía vacía.

No había vuelto.

Estaba tan preocupada, que decidió tragarse su orgullo e ir a buscar a Nadia.

—Su Alteza nunca dice cuáles son sus planes. Ahora que la ha traído a usted, el peligro que corre él es aún mayor —le respondió la otra mujer con una frialdad rayana en la grosería.

Al no poder rebatirla, Layla prefirió salir de allí y lo hizo con la ansiedad que le provocaba el saber que quizá hubiera empeorado las cosas en lugar de mejorarlas como había pretendido.

Claro que quizá su ausencia no tenía nada que ver con Hassan, sino con algo más personal. Quizá relacionado con la noche que habían pasado juntos.

¿Estaría pensando en su mujer?

Layla pasó otro día sola con su imaginación y se acercaba ya la segunda noche cuando oyó caballos y supo que era él.

El alivio enseguida dejó paso a otras emociones más complejas.

Llevaba dos días deseando verlo, pero ahora que estaba allí, lamentó no estar sola ya porque no sabía qué hacer ni qué decir. No podía comportarse como una esposa preocupada, pero aun así estaba preocupada.

Lo oyó hablar con gente, pero no entraba a la tienda. Parecía tener tiempo para todo el mundo, excepto para ella. O quizá estaba esperando que estuviese completamente oscuro porque no podía siquiera mirarla a la cara.

Al pensar aquello, la vergüenza que sentía al pensar en la noche que habían pasado juntos se convirtió en humillación.

Todo el mundo sabría que el jeque no tenía ninguna prisa por estar con su nueva esposa.

Lo cual demostraba una vez más que la intimidad física no significaba intimidad sentimental alguna.

En ese momento, se sintió más sola de lo que se había sentido en toda su vida.

Al menos cuando vivía en el palacio contaba con Yasmin. Su vida había sido muy desgraciada, pero por lo menos conocía las reglas, lo que sentía y por qué. Había sabido lo que se esperaba de ella, pero allí estaba completamente sola, con un hombre que parecía odiarla tanto que no podía ni mirarla a los ojos, y atormentada por unas emociones que desconocía por completo.

Oyó ruido de agua y se imaginó que había ido a darse un baño en el oasis.

Dudó un momento, pero finalmente se levantó con sigilo de la cama y se acercó a la entrada de la tienda para mirar por la rendija que quedaba abierta.

Si unos días antes alguien le hubiera dicho que iba a estar mirando a escondidas a un hombre desnudo, se habría reído a carcajadas. Pero no se trataba de cualquier hombre. Era Raz. Y como había estado con él a oscuras, aún no había visto su cuerpo.

Tampoco podía verlo bien en aquel momento, solo alcanzaba a vislumbrar los músculos de sus brazos mientras nadaba.

Al llegar al extremo de la laguna se dio media vuelta y ella salió disparada hacia la cama por miedo a que pudiera descubrirla.

Cuando por fin entró en la tienda, ella estaba a salvo bajo las sábanas, con los ojos cerrados.

Oyó sus pasos, luego se detuvo y supuso que estaría mirándola. Layla tenía la impresión de que alguien hubiera encendido un fuego dentro de su cuerpo, pero se quedó completamente inmóvil y trató de respirar con normalidad, incluso cuando sintió su peso en el colchón.

–Un consejo, nadie está tenso mientras duerme –le dijo con una voz suave y profunda.

No tenía sentido seguir fingiendo, así que abrió los ojos y lo miró. Había encendido una vela y, aunque no alumbraba demasiado, era lo suficiente para poder verle la cara.

–¿Dónde has estado?

Él la miró con asombro.

–No acostumbro a informar a nadie de mis actividades, y mucho menos a una mujer a la que conozco solo desde hace tres días.

Habría querido decirle que quizá fueran solo tres días, pero que la conocía más íntimamente que nadie, sin embargo prefirió no hacerlo.

–¿Se sabe algo de mi hermana?

–No.

Con solo una palabra se le revolvió el estómago y su mente volvió bruscamente a la realidad.

–Eso no es buena señal, ¿verdad?

–Si está viva, Salem la encontrará.

–¿Si está viva?

–¿Quieres que te dé falsas esperanzas? Porque no voy a hacerlo. Las mentiras no sirven para nada excepto para crear confusión. Pero hasta que tengamos alguna certeza de que le ha pasado algo, te ruego que seas positiva. Debemos pensar que habrá encontrado una manera de sobrevivir.

–¿Cómo? Ninguna de las dos ha pasado nada de tiempo en el desierto.

–El noventa y ocho por ciento del territorio de Tazkhan es desierto. ¿Cómo podéis servir a un país si desconocéis por completo la vida que llevan sus habitantes?

Layla se incorporó en la cama, ofendida por tan inesperado ataque.

–Es una acusación muy injusta. No sabes absolutamente nada de cómo hemos vivido mi hermana y yo.

–Vivíais rodeadas de lujos y privilegios; seguro que podríais haber hecho algo.

–Lo hicimos: venir en tu busca.

La miró con sus fríos ojos negros.

–¿Pretendes que crea que lo hiciste por puro altruismo? ¿Cómo sé que no fue una estrategia para pasarte al bando ganador?

Aquellas palabras fueron como una bofetada.

–¿Por qué te casaste conmigo si es eso lo que piensas?

–Porque me daba igual el motivo por el que lo hubieras hecho; solo quiero hacer lo mejor para Tazkhan, sin tener en cuenta mis deseos personales.

–¿Entonces cuando estábamos en la cama tuviste que hacer un esfuerzo para hacerme lo que me hiciste?

La miró fijamente, apretando los dientes, y en sus mejillas apareció un ligero destello de color.

–Para haber sido virgen hasta hace muy poco, tienes mucho que decir.

Layla tuvo la impresión de que estaba buscando pelea y creía saber por qué.

–Estás enfadado –le dijo suavemente porque lo comprendía–. Te sientes culpable y por eso estás enfadado.

–Princesa, no sabes nada de mis sentimientos.

–Ni tú de los míos. Puede que no tenga experiencia y admito que soy tímida, pero no te atrevas a creer que sabes cómo ha sido mi vida. Si mi hermana y yo no conocemos el desierto, no es porque no nos interesara, sino porque no podíamos salir de la ciudadela.

—¿Alguna vez lo intentasteis?

—Sí —respondió con el corazón a punto de escapársele del pecho.

—¿Y qué pasó?

Tenía la boca seca y le sudaban las manos.

—Hay cosas que ninguno de los dos queremos recordar. Creo que es mejor que lo aceptemos y lo respetemos.

Se quedó mirándola un buen rato con cara de curiosidad, pero al final cambió de tema.

—Si tu hermana está en el desierto, Salem no tardará en encontrarla.

Dicho eso, apagó la vela y se desnudó a oscuras antes de tumbarse a su lado. Layla se alejó lo más que pudo y se quedó inmóvil, sin apenas atreverse a respirar por miedo a rozarlo.

—Piensas que vine a buscarte solo para seguir con una vida llena de lujos que nunca he tenido y aun así quieres compartir cama conmigo.

—Estamos casados.

—Pero tú no te fías de mí.

—No hace falta fiarse de una persona para acostarse con ella, princesa —le explicó al tiempo que la agarraba y la apretaba contra sí—. Solo hace falta que haya química y, por suerte, de eso tenemos mucho.

Layla se preguntó si podría sentir sus escalofríos y el modo en que le latía el corazón.

Quería preguntarle por qué tenía que apagar la luz antes de meterse en la cama con ella, pero antes de que pudiera decir nada sintió su boca en los labios y su mano en la nuca. Con un rápido movimiento la tumbó boca arriba y se colocó encima de ella sin dejar de besarla. Su cuerpo reaccionó de inmediato con una excitación que era más fuerte que la preocupación y la tristeza.

¿Así era cómo iba a ser su relación? ¿Sin verse en todo el día y juntos por la noche como dos desconocidos íntimos?

Intentó controlar la respuesta de su cuerpo, pero la erótica sabiduría de su boca no le dejó otra opción que besarlo con la misma pasión.

Después bajó hasta sus pechos y al sentir su boca en el pezón, gimió de placer. Igual que había hecho la otra vez, consiguió volverla loca con sus besos y sus caricias. La única diferencia era que ahora sabía lo que ocurriría después y, cuando se sumergió en ella, alcanzó el clímax casi inmediatamente, una y otra vez, mientras él la poseía por completo.

Después se quedó paralizada y no agradeció la protección que le brindaba la oscuridad, sino que le dolía que solo pudiera hacer el amor con ella si no la veía. Le dolía más de lo que jamás habría creído posible.

Respiró hondo para reunir el valor necesario para hablar con él, pero antes de que pudiera pronunciar una sola palabra, se oyó un chillido agudo que procedía de muy cerca.

Layla se sentó de un salto.

–¿Qué es eso? ¿Parece un niño?

Entonces se oyeron más y más gritos.

Raz salió corriendo de la tienda de campaña con la mano sobre el cuchillo.

Aquellos gritos lo desgarraban por dentro porque sabía quién gritaba.

Abrió la tienda contigua a la suya y vio a la niña sentada en la cama, con los ojos abiertos de par en par, llenos de terror, y la frente empapada en sudor. Nadia estaba a su lado, sin saber qué hacer.

–No consigo que deje de gritar.

Un segundo después Raz tenía a la niña entre sus brazos y la apretaba contra su pecho.

–¿Qué le ocurre?

–Está despierta, pero no me responde. Es como si le hubiera dado un ataque –explicó Nadia como si estuviera defendiéndose.

Al mirar a la pequeña a los ojos sintió una agonía tan terrible que se le cortó la respiración. Solía enorgullecerse de su capacidad de decisión, pero en aquel momento, cuando era tan importante hacerlo bien, se había quedado paralizado.

–Tiene el pulso y la respiración acelerada, avisa a un médico inmediatamente.

–No es un ataque y no está despierta –dijo una voz tranquila desde la entrada de la tienda.

Allí estaba Layla, vestida tan solo con un fino camisón y el pelo alborotado.

–Tiene terrores nocturnos. Mi hermana también

los sufrió cuando tenía más o menos su edad. Es mejor no despertarla.

–Claro que está despierta –insistió Nadia con dureza–. Si tiene los ojos abiertos.

Raz no hizo caso.

–¿Lo habías visto antes? –le preguntó a Layla, que parecía perfectamente tranquila.

–Muchas veces. Es muy incómodo para los que lo presencian, pero te aseguro que ella no se acordará de nada cuando se despierte por la mañana. ¿Quién es la persona más cercana a la niña?

Layla miró a Nadia, pero Raz respiró hondo antes de responder.

–Yo –confesó a su pesar porque aún no había pensado cómo abordar el tema.

Si estaba sorprendida, desde luego no lo demostró, ni tampoco le preguntó qué relación tenía con la niña.

–En ese caso, deberías ser tú el que la acueste otra vez. Arrópala para que se sienta segura. Háblale con calma; lo que importa es el tono, no lo que le digas. Cuando vuelva a quedarse tranquila, quédate un rato a su lado. Una vez que esté otra vez profundamente dormida, no suele volver a ocurrir –una vez detalladas las instrucciones, se dirigió a Nadia–. Deberíamos salir. Cuanta menos gente haya, mejor.

La otra mujer la miró con obstinación.

–Pero la niña me conoce.

–Es mejor que solo esté con ella una persona en la que confíe –le respondió con firmeza.

–Haz lo que ella dice –le ordenó Raz antes de tumbar a la niña.

Se le rompía el corazón de verla temblar de ese modo. Habría querido llamar a un médico, pero, por algún motivo, quiso hacer caso a Layla, aunque no comprendía por qué seguía los consejos de una mujer en la que no tenía motivos para confiar.

Se quedó con la pequeña, recitándole poesía en voz baja y acariciándole la frente hasta que por fin se calmó y volvió a dormir plácidamente. Raz estuvo allí aún unos minutos más, con los hombros rígidos por la tensión y un intenso dolor de cabeza.

Por fin se levantó de la cama y salió de la tienda en buscar de respuestas que le ayudaran a comprender lo sucedido.

Encontró a Nadia frente a la tienda, con gesto desafiante.

–Yo podría haberla cambiado. No deberías haber seguido los consejos de esa mujer.

–¿Hace cuánto que le pasa esto?

El silencio de Nadia se lo dijo todo.

–¿Por qué no me informaste? –le preguntó, iracundo.

–Estabas fuera.

–Todo el mundo sabe que quiero estar al tanto de todo lo que le ocurra a mi hija.

–No pensé que fuera importante. Por la mañana nunca se acuerda de nada.

Raz apretó los dientes y los puños, consciente de que debía calmarse un poco antes de decir lo que pensaba.

–No te muevas de su lado –habría preferido quedarse él, pero necesitaba más información, así que volvió a su tienda.

Layla había encendido las velas y estaba en el centro de la tienda, mirando al vacío con evidente tensión. Se volvió hacia él y, por un momento, se quedaron mirándose el uno al otro.

El aire se cargó de tensión sexual.

–Gracias por tu ayuda. Has dicho que eran terrores nocturnos...

–Sí, mi hermana empezó a sufrirlos cuando tenía unos cinco años y le duraron alrededor de un año, puede que un poco más. Todas las noches se despertaba gritando, con los ojos abiertos de par en par como si estuviera completamente despierta. Tardé un tiempo en averiguar que en realidad estaba dormida.

–¿Y averiguaste cuáles son las causas?

–No hay una única causa, pero sí varias cosas que pueden desencadenarlo: fiebre, agotamiento y... –apartó la mirada de él antes de decirlo–. El estrés.

Raz comprendió que ese había sido el desencadenante en el caso de su hermana.

–¿Qué era lo que le provocaba tanto estrés a tu hermana? –le preguntó mientras recordaba lo que le había dicho antes, que no sabía nada de la vida que habían tenido su hermana y ella.

–No estamos hablando de mi hermana, sino de esa niña –dijo ella sin mirarlo a la cara–. ¿Ha sufrido alguna experiencia traumática?

¿Cómo podía responder a eso?

Raz se dio media vuelta y caminó hasta el extremo opuesto de la tienda. Aquella relación se había convertido ya en un verdadero campo de minas, que eran todas las cosas de las que no querían hablar y que iban a causarles un sinfín de complicaciones.

—¿Cómo conseguiste que cesara?

—Solo intenté que se sintiera más segura y que no se fuera a la cama asustada.

—¿Qué la asustaba?

Volvió a quedarse callada. Los dos estaban rehuyendo las preguntas del otro.

—Dicen que puede causarlo una estimulación excesiva del sistema nervioso, por eso es mejor no despertar a la persona, sino tratar de que vuelva a quedarse dormida.

Al ver la tristeza que había en sus ojos, Raz pensó que había muchas cosas de ella que no sabía, igual que había muchas cosas de él que ella ignoraba por completo.

—¿Tenía algún motivo para asustarse tanto? —no habría sido de extrañar, teniendo semejante padre.

—Empecé a dormir en su habitación y parecía que le hacía bien.

—Layla, ¿qué era lo que aterraba a tu hermana?

Era la segunda vez que la llamaba por su nombre, quizá por eso se quedó inmóvil. Después se dio la vuelta y se puso una bata, como si eso la protegiese de todo.

—Si quieres afrontar los terrores nocturnos de esa niña, lo mejor es que hables con su familia y averi-

gües qué es lo que puede haberlos causado. No creo
que te suponga ningún problema, puesto que parece que la conoces bastante.

No era la primera vez que hacía caso omiso a sus
preguntas sobre la vida que había tenido en el palacio. Raz se dio cuenta de pronto que su relación se
volvería imposible si se empeñaban en no contarse
absolutamente nada.

Uno de los dos tenía que dar el primer paso.

–La conozco mejor que nadie –tuvo que hacer
un gran esfuerzo para seguir hablando y superar su
costumbre de no compartir sus intimidades con nadie–. Es mi hija.

Capítulo 6

TU HIJA? –Layla lo miró, asombrada por una noticia para la que no estaba preparada–. ¿Tienes una hija?

–Tiene seis años.

Layla se sentó en la cama, tratando de asimilar la poca información que tenía.

–Yo... no lo sabía. No tenía ni idea.

Definitivamente, aquel hombre era un completo desconocido, por mucha intimidad física que tuviera con él.

–Muy poca gente lo sabe y los que lo saben no hablan de ello.

–¿Por qué? ¿Por qué no quieres que se sepa que tienes una hija?

–Perdí a mi padre y a mi mujer... –no terminó la frase. No hacía falta que lo hiciera.

–No –meneó la cabeza, negándose instintivamente a que pudiera ocurrir lo que él daba a entender–. Eso no habría pasado.

–¿Cómo estás tan segura? –le preguntó con frialdad–. ¿Qué pruebas tienes de que mi hija habría estado a salvo? Tu padre no actuaba precisamente siguiendo un código de honor.

La vergüenza que le daba admitirlo hacía que se sintiera sucia.

–No tengo ninguna prueba –reconoció–. Entiendo que la hayas mantenido en secreto. Pero cuando te propuse que nos casáramos, podrías haber...

–¿Podría haberte confiado el secreto? Apareciste de pronto en mi campamento y me casé contigo porque me pareció que era lo mejor, pero los dos sabemos que esta unión no se basa en la confianza.

Sus palabras le dolieron porque en el fondo había empezado a imaginar algo distinto. Cuando lo miraba, solo veía el ardor que había en sus ojos y solo podía pensar en su cuerpo y en tenerlo dentro. Fuera de la cama eran dos desconocidos, pero en la cama estaban todo lo unidos que podían estar dos personas y lo que hacían juntos había empezado a obsesionarla. El deseo que sentía por él era tan intenso que deseaba que el día volara y llegara la noche para poder estar con él. Y esa pasión que compartían hacía que hubiese empezado a imaginar que era posible tener una relación de verdad, pero ahora sabía que no era más que una fantasía.

–Eso es cierto, pero ahora soy tu esposa y eso me convierte en...

–No lo digas –la interrumpió con profunda emoción–. Ni se te ocurra pensar que puedes ser la madre de mi hija.

Sus palabras se le clavaron en el corazón como un puñal, pero trató de comprender por qué reaccionaba así.

El que la besara y le hiciera el amor no significaba que fuera a confiarle a su hija y no podía culparlo por ello. Solo quería proteger a su hija y estaba claro que seguía pensando que ella podría ser una amenaza.

Así pues, Layla intentó buscar la mejor manera de manejar la situación.

–Al menos dime su nombre.

–Se llama Zahra.

–Bonito nombre. ¿Sabe que te has casado conmigo?

–No –respondió con brutal sinceridad, tratando siempre de rechazar cualquier intento de acercamiento por su parte–. No es fácil decirle a una niña que su padre se ha casado con la hija del responsable de la muerte de su madre.

El puñal se le clavó aún más en el corazón.

–Si hubiera sabido que tenías una hija, jamás te habría sugerido que nos casáramos. Un niño lo cambia todo.

–No cambia nada. Es un matrimonio de conveniencia, ¿qué diferencia hay en que tenga una hija?

–Yo jamás habría sacrificado la felicidad de tu hija por...

–¿Por el futuro de Tazkhan? ¿Y qué me dices de la seguridad de tu hermana y la tuya propia? Se supone que por eso acudiste a mí, para protegeros, ¿no es así?

–Sí, es cierto. Pero no a costa de la felicidad de una niña que ya ha sufrido el mayor trauma que se puede sufrir –Layla estaba temblando–. Al menos te habría pedido que me concedieras un tiempo para que me conociera un poco y para ganarme su confianza.

–Eso habría supuesto un retraso que no podíamos permitirnos. Además, estás dando por hecho que habría acabado confiando en ti.

–Desde luego me habría esforzado por conseguirla. Tengo experiencia con los niños. Dame una oportunidad y te lo demostraré.

Lo vio bajar la mirada, huyendo de la de ella.

–No. Vamos a esperar a ver si se le pasan los terrores nocturnos y luego ya veremos.

–Quizá sería más fácil que se le pasaran si estuviera unida a alguien.

Raz volvió a mirarla y lo hizo con extrema frialdad.

–Mi hija y yo estamos muy unidos.

–Sí, ya lo he visto –recordó el modo en que la había calmado y la preocupación y el amor con que la había mirado. Jamás había visto a un hombre tratar así a un niño–. Pero pasas mucho tiempo fuera.

–No puedo evitarlo, pero siempre que puedo me la llevo y, cuando no puedo, vuelvo con ella lo antes posible.

–¿Quién cuida de ella cuando tú no estás?

No respondió de inmediato.

–Nadia. La quiere mucho.

Layla sabía que tenía que proceder con precaución, por eso no le dijo que Nadia no había sabido qué hacer en el momento crítico.

–¿Cómo te la has arreglado para mantener a Zahra en secreto?

–Cuento con mucha gente que me apoya.

–Yo no.

–¿Qué quieres decir? –le preguntó él, frunciendo el ceño.

–Aquí nadie me dirige la palabra; la gente que te quiere no ve con buenos ojos nuestro matrimonio –de pronto se sintió abrumada por la situación, por esa distancia que no sabía cómo salvar–. ¿Cómo va a salir bien todo esto? Si tú no confías en mí, menos van a hacerlo los demás.

–La mayoría comprende por qué lo hemos hecho y saben que es lo mejor.

Pero no todos.

Layla pensó en el odio con que la miraba Nadia y se preguntó una vez más si sería por una razón más profunda que por el hecho de ser la hija de su enemigo.

–¿Qué vamos a hacer ahora? Tienes una hija. ¿Estás diciendo que no quieres que la conozca?

–Por ahora, no. No quiero empeorar su situación obligándola a conocerte.

Comprendía que quisiera protegerla, pero le dolía que pensara que ella podría empeorar la situación de la pequeña.

—Si eso es lo que quieres... –dijo Layla mientras pensaba lo que habría dado por tener un padre que cuidara tanto de ella–. Pero no creo que sea lo mejor.

–¿Crees que sabes mejor que yo lo que le conviene a mi hija?

–No, lo que creo es que no me conoces. Cuando te casaste conmigo tenías un montón de ideas preconcebidas sobre mí y no te culpo por ello, pero me parece que para que esto salga bien tienes que empezar a verme tal como soy. Puede que no sepa nadar, ni montar a caballo, pero se me dan muy bien los niños. Si vamos a ser una familia, tenemos que empezar por alguna parte.

–Ya hemos empezado.

Raz miró a la cama deshecha y luego de nuevo a Layla, que sintió un escalofrío en todo el cuerpo. En aquel momento era distante y imponente, pero sabía que no era por miedo por lo que le temblaban las rodillas. Cuando miraba su boca, solo podía pensar en lo que sentía cada vez que esos labios la besaban; cada vez que él la poseía, la volvía loca. Aún le ardía la piel por el roce de sus manos. Se pasó las manos por el pelo y meneó la cabeza con frustración.

–Una relación no puede ser solo sexo.

Clavó la mirada en sus ojos, con frialdad y sin un ápice de comprensión.

–Pues tendrá que serlo porque yo no puedo darte nada más.

Por la mañana ya no estaba.

Si por un momento había pensado que las confidencias que habían compartido cambiarían su relación, enseguida descubrió que no era así.

Esa vez, cuando oyó las risas de los niños, pensó que uno de ellos era su hija.

No le resultaba natural no acercarse a ella y entablar una relación con ella, pero Raz le había dejado muy claro lo que quería, así que respetó sus deseos. La niña parecía feliz, jugaba y se reía como los demás, sin temer que sus risas pudieran molestar a alguien.

Estuvieron jugando hasta que cayó la noche sobre el desierto.

Entonces volvieron los gritos.

El instinto sacó de la cama a Layla, pero se detuvo antes de salir de la tienda.

A menos que quisiera dificultar aún más su relación, no debía ir en contra de lo que él le había pedido.

Así pues, se quedó allí y se dijo que Nadia sabría calmar a la pequeña.

Pero los gritos eran cada vez más intensos y desesperados.

Aquel sonido le recordaba tanto el sufrimiento de Yasmin, que le costaba mucho quedarse allí sin hacer nada; le exigía un autocontrol del que carecía.

¿Por qué no dejaba de gritar? ¿Dónde estaba Nadia?

Tardó solo cinco segundos más en darse por vencida. Si Raz no volvía a dirigirle la palabra, que no lo hiciera; de todos modos, no le hablaba demasiado, así que tampoco habría tanta diferencia.

Abrió la tienda, segura de que encontraría allí a Nadia, pero resultó que no había nadie más que la pequeña, sentada en la cama, llorando y gritando desconsoladamente. A los pies de la cama estaban los dos perros, aullando y mirando a la pequeña, alarmados, como si presintieran un peligro contra el que no podían luchar.

Layla miró a los perros con la boca seca. Nada excepto un niño llorando podría haberla hecho acercarse a aquellos animales.

Miró atrás una última vez, por si llegaba alguien que pudiera hacer lo que iba a hacer ella, pero no había ni rastro de Nadia o de los guardias que debían cuidar de la pequeña.

En cuanto dio un paso, uno de los perros gruñó, pero no se movió. Layla pensó que era buena señal y se sentó en la cama, tumbó a la pequeña y comenzó a susurrarle palabras tranquilizadoras mientras le acariciaba la frente. Le contó las mismas historias que le había contado tantas veces a su hermana, hasta que la pequeña recuperó la calma y el sueño profundo.

Los perros estuvieron todo el tiempo tumbados en el suelo, observándola.

Por miedo a despertar a la pequeña, se quedó junto a ella, observando a la hija de Raz al-Zahki, con el corazón encogido.

¿Qué le habría pasado a aquella niña?

¿Cuánto habría sufrido?

Se quedaría con ella solo un poco más, hasta estar segura de que estaba bien. Después volvería a su cama sin que nadie se hubiera enterado de nada.

El sol se asomaba ya tras las dunas cuando Raz volvió al campamento dos días después, agotado tras tantas horas de debatir con los ancianos de las distintas tribus.

Necesitaba dormir, pero necesitaba más aún un buen baño.

Era temprano y todo estaba muy tranquilo.

Después de darle el caballo a uno de sus hombres, fue directamente a la tienda en la que dormía su hija. Frunció el ceño al ver que no estaba el guardia.

Entró sigilosamente y esperó a que la vista se le acostumbrara a la penumbra. Comprobó con alivio que los perros sí que estaban a los pies de la cama, protegiéndola, y encima de la cama vio el bulto de siempre... Pero no, el bulto era más grande de lo habitual.

Se acercó un poco. Allí, tumbada junto a su hija, abrazándola, estaba Layla.

La sorpresa dejó pasó a la rabia y más tarde a otro sentimiento que no se atrevía a analizar.

Quizá fueron sus distintas emociones las que despertaron a los perros e hicieron que aullaran de alegría al verlo. Zahra se despertó también y, con ella, Layla, que se incorporó en la cama y lo miró fijamente, con consternación.

–No te esperábamos tan temprano.

–Es obvio.

–Me alegro de que hayas vuelto antes –Zahra se levantó de la cama y corrió a abrazarlo.

Raz la estrechó en sus brazos y se olvidó de todo lo que no fuera el amor que sentía por su hija, un amor mucho más fuerte que nada que hubiera sentido en su vida, un amor que hacía que un hombre fuerte se volviese vulnerable.

Pero entonces miró a la mujer que aún seguía en la cama.

–Zahra, necesito que vayas a jugar un rato mientras yo hablo con Layla.

–¿No puede quedarse? –preguntó la niña, decepcionada–. No ha terminado de contarme la historia; nos quedamos dormidas las dos.

–Te la contaré después –le prometió Layla mientras se levantaba de la cama sin mirarlo.

La vio titubear antes de pasar junto a los perros, como si le supusiera un esfuerzo.

Zahra sonrió, completamente ajena a todo.

–¿Luego podemos jugar en la arena como ayer? –le preguntó a Layla.

–No –respondió él–. Vamos a ir a montar a caballo.

–¿Juntos?

–Sí –dijo, emocionado por la alegría de su hija–. Ahora ve a jugar un poco con Isis y Horus.

Zahra no necesitaba más explicaciones para quedarse jugando con los perros.

Raz salió de la tienda tratando de controlar su furia y Layla lo siguió hasta el oasis.

–No has respetado lo que te pedí que hicieras.

–No.

Lo miró con gesto tranquilo, sin excusas ni disculpas. Raz tuvo que admitir que estaba sorprendido.

–Pensé que había dejado claro lo que quería.

–¿Preferirías que hubiese dejado que tu hija se pasara horas gritando, Alteza?

–Si estaba gritando, habría sido mejor que la consolara alguien que conociera –le recordó sin querer pensar en que su hija había vuelto a gritar de miedo.

–Estoy de acuerdo, pero no había nadie conocido cerca. Estaba ella sola.

–Mi hija nunca está sola. Nadia siempre está con ella –pero mientras lo decía recordó que el guardia no estaba allí cuando él había llegado.

–Anoche estaba sola y también la noche anterior, y la anterior. No había ni rastro del guardia, ni de Nadia –parecía más enfadada que intimidada–. Tú no estabas y tomé la decisión que me pareció más correcta, Alteza.

–Creo que nos conocemos lo suficiente para que me llames Raz –le dijo con tensión.

–Es evidente que no si no me consideras buena compañía para tu hija.

Raz respiró hondo.

–Se supone que Nadia debe estar con ella por las noches.

–Eso tendrás que hablarlo con ella.

Al ver la calma de Layla se dio cuenta de hasta qué punto la había subestimado. Había achacado su silencio a la falta de opinión y su timidez a la falta de fuerza, pero parecía que su nueva esposa tenía una fuerza que solo veían aquellos que la conocían bien.

–Puede que hubiera ido a buscar algo para Zahra. Nadia jamás la dejaría sola.

–Nadia no apareció en toda la noche y tampoco el guardia. Sé que, si la elegiste como niñera, era porque la considerabas la más adecuada para cuidar de tu hija, pero te estoy demostrando que no es así. ¿Por qué dudas de mí?

—Porque no es su niñera, es su tía.

Layla recibió la confesión con un tenso silencio.

—Nadia es la hermana de mi difunta esposa —aclaró.

—¿Su hermana? —el asombro volvió a dejarla muda unos segundos y después meneó la cabeza—. ¿Y no te pareció que debías decírmelo? Me traes aquí vestida de novia sin siquiera avisarla, ni decirme a mí quién es.

—¿Cómo iba a avisarla? No hubo tiempo.

—No me extraña que no pueda ni verme —murmuró—. Eso explica muchas cosas.

—No que dejara sola a Zahra.

—Puede que sí —frunció el ceño, luego miró un instante a la superficie de la laguna antes de volver a dirigirse a él—. Deberías haberme dicho tantas cosas. ¿No te das cuenta de que todos esos secretos no están haciendo nada más que causar problemas? Sé que esto es muy difícil para ti. Sé que tienes que hacerme el amor a oscuras porque te sientes culpable y no dejas de pensar en tu mujer, y sé que no quieres estar aquí durante el día porque te duele el simple hecho de mirarme. Sé que, viniendo de la familia de la que vengo, no quieres que me acerque a tu hija. No te culpo por nada de eso. Pero no fue Nadia la que consoló a Zahra la otra noche, ni ha sido ella la que ha estado cuidándola los dos últimos días. He sido yo.

Ahora era él el que estaba mudo de asombro ante el modo en que había interpretado todo lo ocurrido.

–Si analizaras los hechos con más objetividad, te darías cuenta de que me preocupo por los demás. Es cierto que acudí a ti para proteger a mi hermana y a mí misma, pero también me preocupa el pueblo de Tazkhan. Y antes de que me recuerdes la familia a la que pertenezco, déjame que te recuerde yo que podemos escoger muchas cosas a lo largo de nuestras vidas, pero la familia no es una de ellas. Elegí acudir junto a tu hija esa noche porque no podía quedarme ahí oyéndola sufrir sin hacer nada. Elegí pasar junto a esos enormes perros para calmarla. Así que no se te ocurra volver a insinuar siquiera que no te merezco la confianza necesaria para cuidar de Zahra.

La calma del desierto hizo que el silencio resultara aún más intenso.

–¿Por qué te dan miedo los perros?

–Después de todo lo que te he dicho, ¿eso es lo que me preguntas? –se echó a reír.

–Layla...

–No. Ya está bien –le dijo con la voz temblorosa al tiempo que se apartaba de él–. Esta conversación no va a ninguna parte. No quieres acercarte a mí lo más mínimo, ni soportas que yo me acerque a ti, así que déjame en paz.

Capítulo 7

LAYLA iba de un lado a otro de la tienda, tan furiosa que no sabía cómo calmarse. Una vez más estaba inmersa en unas emociones completamente nuevas para ella y que no alcanzaba a comprender.

¿Por qué le molestaba tanto la actitud de Raz? Por supuesto que no confiaba en ella; apenas la conocía. Por supuesto que no quería que se acercarse a su hija, una niña a la que intentaba proteger después de todo el sufrimiento que le había causado su familia.

Si lo comprendía, ¿por qué le dolía tanto?

¿Y por qué no podía estar con él sin pensar en el sexo?

En realidad sabía la respuesta. Pensaba tanto en el sexo porque, cuando hacían el amor, él se comportaba como si le importara; cuando le agarraba el rostro entre las manos y se sumergía en ella parecía que sintiera algo y era increíble. Tan increíble que quería más. Y, al querer más, quería que significase algo.

Todo aquello la estaba volviendo loca. Quería racionalizarlo y aplicar la lógica, pero sus sentimientos y los hechos iban en contra de toda lógica.

No comprendía cómo podía entregarse tanto a ella en la cama y luego mostrarse tan distante. Fuera de la cama, le había demostrado una y otra vez que no la consideraba más importante que los seres que poblaban la laguna del oasis.

Por eso sintió tanta rabia cuando lo vio entrar y cerrar la abertura de la tienda que los separaba del mundo.

–Márchate –le dijo con la voz rasgada–. No digas nada porque no hace falta. Ha quedado todo muy claro. Si no quieres que me acerque a tu hija, al menos asegúrate de que lo hace otra persona porque no puedo quedarme sin hacer nada cuando la oigo gritar.

–Y eso dice mucho en tu favor –respondió él en voz baja–. He venido a decirte que no tienes razón.

Layla no podía concentrarse en la conversación porque lo único que quería hacer era mirarlo y no era solo porque fuera sorprendentemente guapo; era algo mucho más profundo. Cuando estaba con él, era como si algo los empujara a estar juntos y tenía que luchar contra el impulso de acercarse a él y tocarlo. El problema era que, como nunca había sentido nada parecido, no sabía cómo solucionarlo.

Tenían muchos problemas y, sin embargo, solo podía pensar en sentir sus manos y sus besos. Pero sabía que no podía dejarse llevar.

–Puede que no tenga razón. Tú conoces a Nadia mucho mejor que yo y, si crees que es la persona adecuada para cuidar de tu hija, no soy quién para contradecirte.

–No me refería a Nadia cuando te he dicho que no tenías razón. Me refiero a todo lo demás que has dicho.

–¿A qué?

El ambiente estaba tan cargado de electricidad que prácticamente saltaban chispas y él la miraba de un modo que parecía que estuviera tocándola.

–Te hago el amor a oscuras no porque esté pensando en mi mujer, sino porque eres muy tímida y no quiero que lo pases mal. La primera noche ni siquiera querías quitarte la túnica para enseñarme las magulladuras, así que pensé que querrías que fuéramos despacio.

¿Despacio? ¿Eso era ir despacio? Estaba temblando y le sudaban las manos.

–Ah.

–Tenías tan poca experiencia con el sexo, que pensé que te sería más fácil si estábamos a oscuras –hizo una pausa para tomar aire–. Es cierto que no estoy contigo durante el día, pero es porque tengo un millón de cosas que hacer y la primera es la agitación política que está sacudiendo Tazkhan. Hassan ha desaparecido, otro motivo por el que estoy especialmente preocupado por mi hija en estos momentos.

–¿Ha desaparecido? –preguntó, aunque aún trataba de asimilar que hubiese tenido tanta consideración con ella.

–Sí. Hasta que sepamos dónde está, no quiero que mi hija esté sola ni un segundo. Y tú tampoco. Está desesperado y no tiene nada que perder, quién sabe lo que podría hacer. Ya no tiene ninguna posibilidad de ocupar el lugar de tu padre y apenas le apoya nadie. Lo que me recuerda que estos últimos días me he enterado de unas cuantas cosas sobre ti.

–¿Sobre mí?

Raz asintió.

–He estado con mucha gente, he visitado hospitales y escuelas, entre ellas una en la que por lo visto trabajas como voluntaria.

–Me gusta ayudar a los niños que tienen dificultades para leer y los centros no tienen personal suficiente para esas cosas –le explicó casi tartamudeando porque le horrorizaba que le hubiese costado tan poco enterarse de eso cuando ella trataba siempre de pasar inadvertida–. ¿Quién te lo ha contado?

–Todo el mundo estaba deseando decirme lo buena que eres y lo bien que he hecho casándome contigo.

Layla se quedó paralizada, perpleja.

–Pero tú no estás de acuerdo, lo sé. La primera noche te marchaste porque te sentías culpable por lo que habíamos hecho.

–No, me sentía culpable porque me hubiese gustado tanto. Había accedido a casarme contigo por Tazkhan, pero lo que ocurrió aquella noche fue cualquier cosa menos una obligación y no podía disimularlo.

–Yo... no sabía... –dijo, asombrada por su sinceridad.

–Pensé que era obvio.

–Alteza...

–Raz.

Layla lo tenía tan cerca que apenas podía respirar. Levantó una mano y se la puso en el pecho, donde pudo sentir los latidos de su corazón.

—Raz —dijo y se sintió extraña al pronunciar su nombre. Era extraño sentirse tan cerca de alguien.

Él le tomó el rostro entre las manos.

—¿Te das cuenta de que, a pesar de lo que hemos compartido, es la primera vez que me llamas por mi nombre?

—Me parecía mal hacerlo. No te conocía.

Sintió su mirada en los labios.

—Ahora sí que me conoces.

Parecía muy seguro, mientras que ella estaba hecha un lío.

—Tú me odias.

—No, pero reconozco que todo esto es muy complicado. Sé que te gustan los datos concretos, así que te diré que las cosas no están yendo como pensé que irían cuando te presentaste en el campamento aquella noche.

Deseaba agarrarlo y besarlo para comprobar si sus besos eran maravillosos a la luz del día como lo eran por la noche. Quería dejarse llevar por lo que sentía y dejar de intentar racionalizarlo todo.

—Tampoco están yendo como yo pensaba.

—Te debo una disculpa por haberte ordenado que no te acercaras a mi hija. Soy demasiado protector con ella.

—Eso es algo que jamás criticaré a ningún padre.

—Quiero que comprendas que no lo hacía tanto por ser tú, sino por intentar que su vida sea lo más estable posible. Pensé que Nadia era la persona adecuada para cuidar de ella, pero parece que me equivoqué.

–Puede que no. Probablemente haya una razón para que no haya estado con ella estas noches –¿qué derecho tenía a juzgar el comportamiento de otra persona si ni siquiera entendía el suyo propio?

–Es posible, pero no creo que vayamos a saberlo pronto –hizo una pausa llena de tensión–. Nadia ha desaparecido junto con uno de los guardias. Estamos intentando encontrarlos. En cualquier caso, debo darte las gracias por ser tan amable con mi hija.

Aquellas palabras eran tan inesperadas como conmovedoras.

–Es una niña muy buena y me encanta que sea tan inquieta. Me recuerda mucho a Yasmin.

–Aquí todo el mundo se ha fijado en lo buena que eres con ella y empiezan a verte con otros ojos.

–¿Qué historias le has estado contando que está tan deseosa de irse a la cama?

–*Las mil y una noches*. Solía leérselas a mi hermana y pensé que si estaba más relajada en el momento de irse a la cama, quizá durmiera mejor.

–Buena idea. ¿Ha funcionado?

–Aún es pronto. Lo que me da lástima es no haberme traído el libro en lugar de dejarlo en el primer campamento.

–¿Era ese el otro libro?

–Sí, es uno de mis preferidos, por eso lo escogí para llevármelo del palacio.

–Y el *Kama Sutra* –le recordó, mirándola a los ojos.

–Cuestión de prioridades –sabía que estaba sonrojada–. E ignorancia.

–No tienes por qué explicar nada y mucho menos avergonzarte –le dijo–. Estos últimos días han debido de ser muy duros para ti. La amenaza de tener que casarte con Hassan, un hombre al que temes y detestas, la huida de palacio, la desaparición de tu hermana, el casarte conmigo, después el accidente en la laguna y luego el tener que vivir con un hombre con el que apenas has mantenido una conversación pero con el que se supone que tienes que acostarte.

Layla intentó esbozar una sonrisa.

–Dicho así, es lógico que esté nerviosa.

–Muy lógico.

–Estaría mejor si tuviéramos alguna noticia de Yasmin.

Él apartó una mano de su rostro.

–Por ahora no sabemos nada, pero eso no significa que debas preocuparte. Salem es famoso por lo mucho que le cuesta ponerse en contacto con los demás..

–¿Y si Hassan la encontró antes y ahora la tiene en su poder?

–Entonces, Salem los encontrará, y pobre de Hassan.

Layla titubeó un instante antes de lanzar una acusación de la que no tenía pruebas.

–Es solo una cuestión de instinto, pero creo que Hassan podría haber tenido algo que ver en la muerte de mi padre –le confesó.

–Estoy seguro de que no te equivocas –dijo él sin el menor asombro.

Era un alivio poder hablarlo con alguien. Resultaba que Raz había sospechado lo mismo nada más enterarse de la repentina muerte de jeque.

–No tenemos ninguna prueba, pero creemos que también fue Hassan el que encargó que alguien me estropeara los frenos hace dos años. No creo que tuviera intención de matar o de hacer daño a mi esposa porque eso no le habría reportado ningún beneficio político, pero fue mala suerte que ese día justo utilizara mi coche.

En su voz había una mezcla de arrepentimiento, culpa y rabia, un dolor tan intenso que Layla lo sintió como si fuera suyo.

–Lo siento mucho.

–No te considero responsable en ningún sentido, pero es cierto que Hassan es capaz de cualquier cosa con tal de conseguir poder. Tu padre y él estaban cortados por el mismo patrón.

Era la primera vez que se lo oía decir a alguien.

–Si ha encontrado a mi hermana...

–Yo confío ciegamente en mi hermano y tú debes hacer lo mismo en estos momentos –se quedó mirándola unos segundos–. Zahra está deseando ir a montar y, si tú quieres, me encantaría que vinieras y sería un placer enseñarte a montar.

No le hacía ninguna gracia volver a subirse a un caballo, pero estaba claro que Raz estaba acercándose a ella y no quería rechazarlo en modo alguno.

–No te va a ser nada fácil enseñarme.

—No creo que sea peor que enseñar a Zahra cuando apenas caminaba.

—¿La enseñaste tan pequeña?

—Es la mejor edad. Está creciendo rodeada de caballos, como lo hice yo. No me sorprendería que decidiese dedicarse a ellos profesionalmente.

—¿La ves trabajando en algo en el futuro?

—Por supuesto. Lo que no podrá ser nunca es diplomática porque es tan sincera como tu hermana.

Layla recordó la de veces que había tenido que llevársela de un sitio antes de que sus comentarios provocaran un conflicto.

—Estás orgulloso de tu hija.

—Mucho.

El amor que veía en él hacia Zahra era tan distinto a lo que ella había vivido de niña que se le hizo un nudo en la garganta y se preguntó cómo podía tener envidia de una niña.

—Gracias por el ofrecimiento, pero no quiero entrometerme entre tu hija y tú.

En los últimos días había descubierto lo poco que se conocía a sí misma; era como estar en el cuerpo de una desconocida.

—Disfruta del tiempo que tenéis para los dos.

—¿No decías que debía darte una oportunidad para que te conociera?

—Se ve que estáis muy unidos —dijo, casi con dolor.

—Por eso precisamente no pasa nada porque nos acompañes —la miró fijamente—. Pero no es ese el problema, ¿verdad?

–No hay ningún problema –intentó apartarse, pero él le echó un brazo alrededor de la cintura.

–Deduzco que no tenías muy buena relación con tu padre. No tienes por qué ocultármelo. Quiero que me lo cuentes.

–¿Por qué? ¿Qué más te da?

–Como tú misma has dicho, los secretos no ayudan a que nuestra relación evolucione.

¿Qué evolución podría haber si él había jurado no volver a amar a nadie después de su mujer? Podría habérselo preguntado, pero no estaba segura de querer escuchar la respuesta. Ahora estaban juntos y eso no podía cambiarlo nadie.

–No es que no tuviera buena relación, es que no tenía ninguna relación. Él nunca se sintió orgulloso de mí, solo le interesaba el beneficio que pudiera obtener gracias a mí. Yasmin solo lo vio cuatro veces en toda su vida. Cinco, si contamos el día de su muerte, cuando estábamos escondidas detrás de las cortinas.

A Layla le sorprendió sentir esa repentina necesidad de compartirlo todo con él después de tantos años de no confiar en nadie.

Se hizo un largo y tenso silencio.

–No tenía ni idea. Yo di por hecho que... –se pasó la mano por la frente, como si tratara de ordenar sus pensamientos.

–Era yo la que cuidaba de Yasmin. Nunca nos hemos separado. Es la única persona a la que he estado unida en toda mi vida hasta... –se detuvo al sentir que le ardían las mejillas.

–Hasta que me conociste.

–Sé que no estamos realmente unidos –se apresuró a decir–. Y tengo claro qué clase de relación tenemos.

–Entonces sabes más que yo porque yo no tengo ni idea de lo que es nuestra relación.

En el aire había una tensión que Layla jamás había sentido.

Deseaba alargar la mano y tocarlo, pero no sabía si él querría y no sabía si tendría fuerzas para afrontar el que la rechazara.

–Deberías volver con Zahra.

–Ven tú también. A ella le encantará.

–De verdad que no...

–Y a mí también me encantará. Vístete, te esperamos fuera para desayunar antes de ir en helicóptero hasta Bohara, a mi casa.

–¿Tienes una casa? Creía que vivías en el desierto como un nómada.

–Paso mucho tiempo en el desierto, para conocer bien a mi pueblo, pero también tengo una casa. Y creo que, después de los últimos días, te mereces un poco de lujo.

–Si quieres dejarlo, solo tienes que decírmelo.

–No quiero dejarlo. No pienso rendirme.

Raz contuvo una sonrisa, conmovido por el empeño que mostraba Layla en aprender a montar a pesar de que era evidente que la experiencia le estaba resultando muy incómoda. Se había caído ya tres veces, pero siempre volvía a levantarse y a subirse al caballo de nuevo. Seguramente era algo que había aprendido en su dura infancia.

–Gracias por tener tanta paciencia –le dijo ella.

–Es fácil enseñarte porque escuchas con atención. Relájate, así te será más fácil. Y no tires con tanta fuerza de las riendas, puedes hacer daño al caballo.

–No me digas –enseguida aflojó las riendas y acarició a la yegua.

Raz se preguntó cómo era posible que fuera tan buena siendo hija de alguien tan malo.

–Es un caballo precioso. Es de pura raza árabe.

–Sí. Es un animal valiente, con carácter e inteligente, como todos los de su raza. Y muy fuerte –se le pasó por la cabeza que tenía bastantes cosas en común con ella–. Es en el que aprendió a montar Zahra.

–¿Tu mujer también montaba a caballo? –le preguntó con extrema delicadeza.

–No, pero era pintora y hacía unos magníficos retratos de caballos. Su madre también pintaba y yo esperaba que Zahra también lo hiciera, pero lo único que quiere es montar, no dibujar o pintar los caballos.

–El mayor regalo que puede darle un padre a su hijo es dejar que sea tal como es.

El tono melancólico de su voz atrajo su atención.

–No me has contado nada de tu madre.

–Murió poco después de que yo naciera.

–¿Entonces tu hermana...?

–En realidad es mi hermanastra. Su madre era una modelo que tuvo una aventura con mi padre. Se marchó cuando Yasmin tenía cinco años y no volvimos a verla nunca más.

Lo había contado sin la menor emoción, una simple enumeración de los hechos, pero Raz imaginó lo que debía de sentir por dentro.

–Pero has dicho que tú cuidabas de tu hermana. ¿Cómo es posible si tenías siete años y ella cinco?

–Enseguida aprendimos a arreglárnoslas.

Quizá la yegua percibió la tensión de Layla porque levantó la cabeza con fuerza.

–Si te sientes insegura, tírale de la crin.

–No me parece bien hacerle daño solo porque yo esté nerviosa –pero sí que se agarró de la crin del animal.

Raz se excitó al fijarse en sus dedos e imaginárselos sobre él, y ella debió de notar que la observaba porque levantó la mirada hasta sus ojos.

–¿Ya sabe galopar? –se oyó la voz de Zahra, a lomos de su caballo con una naturalidad que cualquiera habría pensado que había nacido sobre la silla de montar–. Quiero que aprendas rápido, Layla, para que podamos salir juntas. Isis y Horus pueden acompañarnos.

Layla buscó inmediatamente a los perros con la mirada y Raz frunció el ceño.

–¿Te dan miedo los perros?

–Me preocupa que asusten a la yegua.

Tenía sentido, pero en su tono de voz había algo más y se había fijado en cómo se tensaba cada vez que estaban cerca. Se preguntó si alguna vez la habría mordido un perro y por eso ahora los temía.

–Layla... –se acercó más a ella, hasta rozarla con la pierna–. Si los perros te suponen un problema, debes decírmelo.

–No son ningún problema. Zahra los adora y ellos la cuidan muy bien.

La respuesta sonaba tranquila, pero seguía habiendo algo oscuro en sus ojos y Zahra volvió a preguntarse qué la habría llevado a echarse al desierto en busca de un desconocido.

Cuanto más la conocía, más cuenta se daba de lo impropio que era de ella un comportamiento tan impulsivo, porque era una persona acostumbrada a pensar bien las cosas y a buscar todo tipo de pruebas en las que basar sus decisiones. Sin conocerlo, había preferido ir en su busca antes que seguir un día más en su antigua residencia.

Cuando por fin llegó el momento de dejar el caballo, Raz puso una mano sobre la de ella y le dijo que lo estaba haciendo muy bien.

–Los dos sabemos que lo estoy haciendo fatal –respondió Layla.

–Siempre es más difícil aprender de adulto porque se tiene más conciencia del peligro –y tenía la impresión de que, en su caso, dicha conciencia era mayor que en otras personas–. Ve a descansar. Abdul te enseñará la biblioteca.

–¿Tienes una biblioteca? –preguntó, entusiasmada, mientras Zahra meneaba la cabeza.

–¿Quién quiere libros pudiendo tener caballos?

Capítulo 8

DE TODAS las habitaciones de la hermosa casa de Raz que ella ni siquiera imaginaba que existiera, la que más le gustaba hasta ese momento era la biblioteca. Además de los libros, tenía unas magníficas vistas del jardín y acceso directo a un patio con una fuente que refrescaba el ambiente.

Era el lugar más bonito que había visto nunca.

Acostumbrada al ambiente opresivo del palacio de Tazkhan, Layla sentía en aquella casa una paz y una libertad que jamás había experimentado. No solo por poder moverse de un lado a otro sin dar cuentas a nadie, sino por la certeza de que, al hacerlo, no se encontraría con su padre, con Hassan, ni con ninguna de las personas que tanta presión le habían hecho sentir.

Acababa de ponerse en pie para examinar otra de las estanterías de libros, cuando entró corriendo a la biblioteca uno de los perros. Layla se quedó completamente inmóvil, pero enseguida apareció una mujer y se llevó al perro.

—Lo siento mucho, Alteza —se disculpó la mujer—. Le ruego que me perdone.

Layla se relajó un poco.

–No pasa nada.

–Claro que pasa. Su Alteza dio órdenes expresas a todo el personal de que no permitiéramos que los perros se acercaran a usted.

Layla la miró, sorprendida. ¿Lo había hecho por ella?

–No se preocupe. Es cosa mía, no de los perros.

Ni siquiera le había explicado a Raz a qué se debía su temor, pero él lo había notado y había tomado medidas.

Raz entró justo en ese momento en la biblioteca. Era la primera vez que lo veía desde que habían llegado a la casa y se puso nerviosa de inmediato. Estuviera donde estuviera, se levantaba al amanecer y se pasaba el día atendiendo numerosos asuntos, y aun así siempre se las arreglaba para dejar unas horas para estar con su hija. Tenía una energía y una fuerza inagotables.

Nada más mirarla, percibió el miedo en su rostro, y el hecho de que lo adivinara con tal facilidad le pareció algo tan íntimo como las cosas que habían hecho en la oscuridad del dormitorio. De algún modo había conseguido llegar a sus pensamientos y temores más privados y eso hacía que se sintiera vulnerable. Él había aprovechado ese acceso, pero para cuidar de ella, no para obtener ningún beneficio personal. No se había burlado de su miedo a los perros, sino que había tratado de ayudarla.

–Lo siento mucho, Alteza –se apresuró a decir la mujer que había acudido detrás del perro–. Horus ha venido corriendo hasta aquí en cuanto le he dado la espalda, pero apenas ha cruzado el umbral de la puerta.

Raz le dijo algo en voz baja que Layla no pudo escuchar, pero se fijó en que la mujer salió de allí pálida.

—No sé qué le habrás dicho, pero no era necesario. Estoy bien.

—No, no estás bien y los dos lo sabemos aunque no quieras hablar de ello.

Layla intentó no pensar en el deseo que se despertaba dentro de ella en cuanto se encontraba a solas con él y trató de cambiar de tema.

—¿Has tenido una tarde productiva? —le preguntó.

—Sí, pero lamento haberte dejado sola nada más llegar aquí.

—No pasa nada. Zahra me lo enseñó todo y lo hemos pasado bien juntas. Además, estoy acostumbrada a tener que entretenerme sola.

—Es posible, pero no quiero que tengas que volver a hacerlo. No quiero que tu futuro sea como tu pasado.

—Me encantan los libros y siempre es un placer leer.

—¿Porque es una manera de escapar? ¿Necesitas escapar cuando estás conmigo?

—No —se le había quedado la boca seca y no podía decirle lo mucho que le inquietaba lo que sentía porque ni siquiera se veía capaz de articular palabra—. No leo solo para escapar. Me encanta el ritmo de las palabras. Un buen escritor es capaz de crear imágenes con las palabras igual que lo hace un pintor con el pincel.

—Espero que puedas transmitirle a Zahra ese amor por los libros porque para ella leer es algo que la aleja de los caballos y por eso lo detesta.

—Entonces habrá que encontrar libros sobre caballos —decidió, agradecida de tener algo en que pensar, algo que alejara su mente del cuerpo de Raz—. Va a ser un placer despertar su amor por la lectura. Solo hay que encontrar algo que le interese, como las historias que le cuento antes de dormir.

—Por cierto... —Raz cruzó la habitación lentamente hacia ella y le dio un paquete.

Layla lo desenvolvió cuidadosamente y, al ver lo que había dentro, se quedó sin respiración por un momento.

—¡Mi libro de *Las mil y una noches*! Pensé que lo había perdido para siempre.

—No me había dado cuenta de que lo habíamos traído con nosotros al irnos del campamento la primera noche.

Lo tenía tan cerca que solo tenía que mover la mano unos centímetros para poder tocarlo, pero fue él el que le agarró el rostro entre las manos y con eso bastó para hacerla arder de deseo.

—He trasladado a Zahra a la habitación de al lado de la nuestra, así la oiremos si grita —le contó para tratar de distraerse—. Este lugar es impresionante, pero lo más increíble es que nadie conozca su existencia.

—¿Has terminado?

–¿Qué?

Clavó la mirada en sus ojos.

–Estás hablando sin parar. Estás nerviosa.

–No, no estoy nerviosa.

–Vamos, sé sincera.

¿Esperaba que le dijera que no dejaba de pensar en él ni un momento del día? ¿O que quería arrancarle la ropa hasta que entre ellos no hubiera ningún obstáculo? ¿Qué diría si le confesara que la noche se había convertido en su momento preferido del día?

–No estoy nerviosa –intentó apartarse, pero él la rodeó por la cintura y tiró de ella hacia sí, apretándola contra su cuerpo.

–Raz...

–Zahra está dormida –susurró él–. Quizá deberíamos seguir la conversación en el dormitorio, para poder oírla si se despierta.

–Sí.

La agarró de la mano y la llevó así hasta la habitación, sin apenas separarse de ella y andando con pasos más cortos para adaptarse a los suyos.

Una vez en la habitación, Raz encendió la luz y cerró la puerta.

–Si quieres que apague las luces, tendrás que decírmelo –le dijo con los ojos llenos de deseo.

–No quiero que las apagues –quería verlo bien.

–¿Segura?

–Sí –tan segura como lo estaba de que, si no la besaba pronto, tendría que hacerlo ella. De hecho estaba a punto de hacerlo cuando por fin se acercó Raz.

Igual que las otras veces, un solo beso bastó para desencadenar una explosión en su interior y dejarle la mente en blanco. El hecho de que esa vez pudieran verse el uno al otro hizo que todo fuera aún más intenso.

Mientras la besaba, la despojó del sencillo vestido que se había puesto esa mañana y luego sintió su mano recorriéndole la espalda.

—Desnúdame —le pidió él.

La orden le aceleró el pulso.

Le desabrochó uno a uno los botones de la camisa, impaciente por terminar y ver ese torso y esos hombros que tanto había imaginado; tanta era su impaciencia que, sin darse cuenta, le arrancó varios botones.

—Perdona.

—¿Por qué? ¿Por desearme tanto como yo a ti? No te disculpes por eso.

Por fin pudo quitarle la camisa y, después de un momento de inseguridad, alargó la mano para encargarse también de los pantalones.

—Haz lo que quieras —le pidió él con la voz ronca.

Le daba vergüenza hacer exactamente lo que quería, pero sí se atrevió a agarrarlo y acariciarlo. El calor y la dureza de su masculinidad hicieron que ella también ardiera. Era la primera vez que lo tocaba y, por un momento, no supo cómo hacerlo, pero entonces él puso una mano encima de la suya y le enseñó a moverla. Aprendió rápido lo que le gustaba.

—Siento que tengas que enseñarme.

–Yo no lo siento en absoluto. Me gusta que todo lo que sepa mi mujer de sexo lo haya aprendido de mí –añadió con una sonrisa en los labios.

–Eso no es muy moderno, Alteza –dijo ella, tratando de no sonreír.

–A veces la modernidad no es tan buena –respondió él al tiempo que se apoderaba de su boca y la tumbaba sobre la cama–. Me había prometido a mí mismo que tendría paciencia.

–No tienes por qué serlo –había tanto deseo en su rostro que apenas podía creerlo.

–Si hago algo que te haga sentir incómoda...

–No lo harás.

Volvieron a besarse, los dos con los ojos abiertos para poder verse en todo momento, y Layla se olvidó por completo de sus temores al respecto.

Sintió su lengua en los pechos, chupándole los pezones hasta que solo pudo gemir de placer cuando por fin notó su erección en la cara interna del muslo. Se apartó solo un poco para deslizar una mano entre ambos y separarle las piernas suavemente.

A Layla le pareció el gesto más íntimo que habían compartido hasta ahora.

Era la primera vez que la veía. La primera vez que la veía un hombre y de pronto se sintió expuesta.

Él debió de adivinarlo porque le dijo:

–Sé lo que sientes, pero puedes confiar en mí. Quiero que confíes en mí.

Bajó por todo su cuerpo, hasta esa parte que se escondía entre las sombras de sus muslos, esa parte

que lo esperaba abierta. Raz no sentía la menor vergüenza y tampoco iba a dejarla esconderse. Sintió
sus dedos en la humedad y lo siguiente que notó fue
el calor de su boca.

Layla cerró los ojos. Ya le había hecho aquello
una vez, pero todo era muy distinto con luz. Ahora
sabía lo mojada que estaba antes incluso de sentir
su lengua, explorándola por dentro hasta hacerla es-
tremecer y regalarle un orgasmo tras otro.

Cuando por fin se tumbó sobre ella y se zambulló
en su cuerpo, Layla estaba ya desorientada de tanto
placer y no podía hacer nada excepto moverse con él,
a su ritmo, y disfrutar de aquella nueva realidad.

—Cuéntame lo de los perros —le pidió Raz mientras la tenía acurrucada contra su pecho.

—No puedo —el terror de su voz era tan intenso
que prácticamente podía verse.

—Inténtalo.

—No lo comprendes.

—Pero quiero comprenderlo —insistió—. ¿Te mordió algún perro cuando eras pequeña?

De repente se apartó de él y se sentó en la cama,
clavando la mirada en el vacío.

—Cuando éramos pequeñas, Hassan nos hacía jugar a algo que él llamaba el Escondite, pero era una
versión más personal del juego. Nos daba una hora
para escondernos y luego...

—¿Iba a buscaros? —intentó adivinar al ver que
ella parecía haberse quedado sin palabras.

–Enviaba a los perros a que nos encontraran –dijo con una voz fría, como si solo pudiera hablar de aquello si despojaba el relato de cualquier emoción–. Eran cuatro perros saluki que, como bien sabes, son perros de caza. En este caso, la presa éramos nosotras.

Aquello lo dejó mudo y, cuando quiso volver a hablar, no encontró palabras para hacerlo. ¿Qué se podía decir después de escuchar algo así?

–Layla, *habiba* –murmuró sin siquiera darse cuenta de cómo la había llamado porque estaba completamente concentrado en ella.

Lo que le contó era tan horrible que Raz sintió náuseas.

–Esa era la idea de diversión que tenía Hassan. Mi hermana tenía tanto miedo que no podía correr, aunque daba igual porque no servía de nada hacerlo. Lo que ellos querían era que nos escondiéramos, pero no sabes lo aterrador que es esperar a que te encuentren, porque siempre te encuentran. Así y todo, antes se les oye respirar y tienes que prepararte para lo peor porque nunca se sabe si los llamarán antes de que te hagan pedazos.

–¿Esto te lo hicieron los perros? –le preguntó, fijándose por primera vez en una marca que tenía en el brazo. Al verla asentir lo invadió una furia tan primitiva que la estrechó en sus brazos y la apretó fuerte contra sí–. Voy a encontrarlo –le prometió–. Voy a encontrar a Hassan y voy a hacerle pagar por lo que te hizo.

–Ya lo está pagando. Quería poder y no va a conseguirlo porque tú y yo se lo hemos impedido. Eso me hace sentir mucho mejor.

–No dejaré que Isis y Horus vuelvan a acercarse a ti.

–Yo no quiero eso, lo que quiero es acostumbrarme a ellos poco a poco. Sé que son buenos, que no tienen nada que ver con aquellos otros perros.

–No debería haber hecho que hablaras de ello, *habiba*.

–No, tenías razón. ¿Cómo puedo pretender que me cuentes tú cosas si yo a ti no te cuento nada? La primera noche me preguntaste qué podía llevar a una mujer a cruzar el desierto a lomos de un caballo que no sabía montar para encontrar un hombre al que no conocía. Creo que ahora ya sabes la respuesta.

–¿Tu padre sabía lo que hacía Hassan?

–A mi padre lo único que le importaba era el provecho que pudiera sacarnos en sus jueguecitos de poder.

–Empiezo a entender que tu hermana sufriera terrores nocturnos.

Se apartó de él y lo miró con el rostro desencajado por la preocupación.

–¿Crees que Salem utilizará perros para encontrarla?

–No. Salem se sirve de métodos mucho más sofisticados. Puedes estar tranquila.

–Le he fallado –se lamentó–. La idea de huir del palacio fue mía y ahora, por mi culpa, está perdida y sola.

–Tomaste la mejor decisión que podrías haber

tomado. Al marcharse le quitaste todo el control a Hassan –le pasó la mano por la frente y luego la estrechó en sus brazos–. Ahora estás a salvo y no voy a dejar que vuelva a hacerte el menor daño. Ahora esta es tu vida y este es tu hogar.

–Pero cuando todo se calme en Tazkhan, tendrás que volver a la ciudadela. Es lo que espera la gente.

–Lo que importa es lo que hagamos, no dónde vivamos. Tendremos responsabilidades, pero también habrá diversión.

–¿Qué diversión? –parecía insegura, como si no tuviera la menor idea de a qué se refería.

Raz se dio cuenta de lo poco que había pensado en ella y lo mucho que se había equivocado las pocas veces que lo había hecho.

–Ya sabes, bailar, conocer gente nueva, escuchar música...

–Yo nunca he bailado y no creo que se me dé bien, a juzgar por cómo se me da lo de montar a caballo.

–¿Nunca has bailado? –la apretó contra sí–. Entonces ya tenemos algo más que debo enseñarte. Ahora duérmete tranquila. Aquí estás segura, te lo prometo.

Capítulo 9

LAYLA se despertó sola y sintió el peso de una profunda decepción. Pero entonces oyó el agua de la ducha y se dio cuenta de que Raz estaba en el baño.

No se había ido.

Por primera vez no había salido corriendo en cuanto había salido el sol.

Miró al techo con una enorme sonrisa en los labios. Y no solo porque hubiese descubierto lo maravilloso que podía ser el sexo, sino porque la había llamado *«habiba»*. Enseguida se recordó la fría lógica: lo único que había pretendido Raz había sido reconfortarla en un momento de crisis, así que no debía engañarse a sí misma.

De todos modos, había sido la primera vez que alguien la abrazaba y la consolaba de ese modo.

Era maravilloso. Y extraño, porque nunca antes le había contado a nadie sus temores, ni siquiera a Yasmin, puesto que su obligación con ella era protegerla, no asustarla.

Zahra llamó a la puerta y se asomó con cautela, cuando Layla le tendió los brazos, acudió corriendo junto a ella y le pidió que terminara la historia que había empezado la noche anterior.

–Podéis leer un poco, pero luego hay que preparar el equipaje –anunció Raz desde la puerta, dedicándoles una sonrisa.

–¿Nos vamos de viaje? –preguntó la pequeña.

–Sí, vamos a Zubran a una fiesta.

Zahra frunció el ceño.

–Entonces supongo que yo no voy.

Raz se acercó a su hija y la levantó en brazos.

–No vendrás a la fiesta, pero sí a Zubran. Quiero que me des tu opinión sobre una yegua que estoy pensando en comprar.

Layla sintió que algo se estremecía en su interior al verlos juntos.

Al saber los planes, la pequeña se olvidó de la historia y fue directamente a preparar la maleta.

–¿Qué ocurre, Layla? –le preguntó Raz, de nuevo consciente de la intensidad de sus emociones.

–Nada, eres un buen padre y tu hija te adora.

–¿Y eso es malo?

–¡No! Por supuesto que no. Todas las niñas deberían adorar a sus padres.

Hubo un momento de silencio.

–Pero no siempre es así, ¿verdad?

–No. La vida está llena de cosas que no deberían ser como son. Si quieres que la anime a leer, sería mejor que no hablaras de caballos cuando tenemos un libro abierto en las manos.

–Tienes razón, pero esta vez lo he hecho apropósito porque quería hablar contigo, *habiba*.

La palabra retumbó en su cabeza. Ya no había excusa para que la llamara así. ¿Acaso pensaba que aún necesitaba consuelo?

–Quería estar seguro de que te pareciera bien lo de la fiesta de esta noche. Es un acto benéfico para recaudar fondos para una organización de ayuda a la infancia en la que participan el sultán de Zubran y su mujer. Creo que Avery te gustará y sus fiestas siempre son increíbles.

–¿Qué es lo que se supone que debo hacer yo?

–Divertirte, algo que tengo la impresión de que no has hecho tanto como deberías.

–Pero ¿no será peligroso que aparezcas en público en un acto tan llamativo?

–Los únicos que saben que vamos son el sultán y su mujer, que son grandes amigos míos y confío en ellos plenamente. Me han salvado la vida varias veces. Además, aunque tomo bastantes precauciones, no me paso la vida escondiéndome. Es fácil encontrarme si alguien sabe dónde buscarme.

Ambos lo sabían.

Se miraron el uno al otro y Layla sintió una intimidad completamente nueva y algo más, una agradable sensación de entendimiento.

Además de esa química tan intensa que hacía que saltaran chispas. Estaban hablando de algo muy serio, pero una parte de ella solo quería ponerle la mano en el brazo y besarle el pecho.

–¿Y qué hará Zahra durante la fiesta?

–En Zubran estará segura. Ha estado muchas veces y le encanta. Puede que los terrores nocturnos sigan sin volver –la miró detenidamente–. No ha vuelto a tenerlos desde que empezaste a leerle.

–Lo sé, y me alegro mucho.

–No sabes lo agradecido que te estoy.

–No tienes por qué.

–Ahora toca deshacernos de todos tus malos sueños y recuerdos y sustituirlos por alegría y diversión –anunció–. El primer paso será esta fiesta.

–¿Y si Hassan adivina dónde estás y...?

–No creo que lo haga, pero, si se presentara allí, me ahorraría la molestia de tener que buscarlo –volvió a hacer una pausa para mirarla–. ¿Qué me dices? Sé que estás preocupada por tu hermana, pero me gustaría mucho que te divirtieras un poco.

Layla no se imaginaba cómo podría divertirse con cientos de desconocidos, pero prefirió no decir nada.

Antes de partir hacia Zubran, Raz la convenció para salir de nuevo a montar a caballo, pero esa vez fue Abdul el que estuvo con ella y alabó sus esfuerzos, aunque los dos sabían que no merecía ningún elogio.

–Cada uno tenemos nuestras virtudes. Su Alteza y Zahra montan bien a caballo, usted es amable, valiente y muy paciente, cosa que ha demostrado en numerosas ocasiones durante la última semana. Su Alteza está cada vez más relajado y es gracias a usted.

–¿Tú crees? –también ella lo había pensado, pero no se había atrevido a creerlo del todo–. Vas a venir a Zubran con nosotros.

Abdul meneó la cabeza con tristeza y, para hacer que se sintiera más segura, la puso en contacto con la sultana de Zubran, asegurándole que ella la ayudaría a elegir el vestuario adecuado para la fiesta y con todo lo que necesitara.

–No quiero importunarla.

–Puede estar segura de que no hay nada que le guste más a la sultana que decirle a los demás lo que tienen que ponerse. Además es una mujer muy agradable y cariñosa cuando no le está organizando a uno la vida.

Layla sonrió con curiosidad.

–¿Entonces no es el sultán el que manda?

–En realidad es un matrimonio entre iguales.

No como el suyo, pensó Layla. No sabía nadar, no sabía montar, le aterraban los perros y no tenía la menor idea de qué se esperaba de ella en aquella fiesta.

¿Qué podía ofrecerle a Raz?

Si tenía que elegir entre importunar a la sultana y avergonzar a Raz, prefería molestar a la sultana, sin duda.

Pero resultó que Abdul tenía la razón y Avery era una mujer encantadora que recibió con entusiasmo la idea de ayudarla a elegir atuendo para la fiesta.

–¿Así que habéis estado escondidos en el desierto? Es lo más romántico que he oído nunca. Te casaste con él por el bien de Tazkhan y ahora estás enamorada. ¡Qué bonito!

Layla se puso en tensión al oír decir aquello a Avery.

–Yo no estoy enamorada –aseguró.

–¿No? Entonces el hecho de que menciones a Raz en todas las frases significa que... Perdona, pero solo conozco dos motivos por los que alguien habla de una persona sin parar; el amor y la obsesión, pero tú no pareces obsesiva.

Layla la miró sin parpadear siquiera.

—No puedo estar enamorada. Yo no soy así.

—Créeme, el amor no respeta a nadie.

—Pero si Raz y yo... —le ardió la piel al recordar ciertos momentos juntos—. Casi no nos conocemos.

—Lo cual resulta muy erótico. Dos desconocidos obligados a estar juntos...

—Pero él estaba muy enamorado de su esposa —recordó ella con pesar.

—Sí, fue una tragedia. Pero esas cosas pasan. Así es la vida, pero hay que seguir adelante y al final uno vuelve a disfrutar de las cosas, que es lo que está empezando a hacer Raz.

—Pero no fue él el que eligió casarse, sino yo.

—Raz al-Zahki jamás ha hecho nada con lo que no estuviera de acuerdo —Avery se acercó y le apretó la mano—. Me alegro mucho de que vayamos a ser vecinas.

—Yo no soy como su mujer. No podré ocupar su lugar.

—No tienes por qué ser como ella. Lo que tienes que hacer es ser tú misma. Si quieres aprender a montar, aprende, pero solo porque lo desees... o para que la loca de su cuñada no intente ahogarte otra vez. Lo que trato de decirte es que, si te comportas tal como eres, vuestra relación será de verdad.

—Tienes razón —reconoció Layla, que se sentía más animada que hacía mucho tiempo.

–Por supuesto que tengo razón, ahora háblame de tu hermana.

Avery le aseguró que Salem encontraría a Yasmin y le contó que, además de ser hermano de Raz, era un exagente de las Fuerzas Especiales y, por tanto, estaba muy preparado para cualquier misión.

De hecho, estaba convencida de que era muy posible que ya la hubiera encontrado y simplemente estuviese intentando pasar inadvertido y, cuando Layla le contó cómo era su hermana, llegó a la conclusión de que hacían una pareja estupenda.

–No sé qué se espera de mí esta noche –confesó Layla después de un momento de silencio.

–Que te diviertas. Solo tienes que disfrutar de estar con Raz porque parece que los dos necesitáis dedicar un poco de tiempo a conoceros y a ver vuestra relación desde otra perspectiva. El propósito de esta noche es que estéis juntos, que seáis una pareja.

–Yo nunca he formado parte de una pareja, no sé cómo se hace –la desesperación de Layla era tan grande que superó su habitual timidez.

–Pues yo creo que Raz ha tenido mucha suerte de encontrarte. Merece alguien como tú y tú lo mereces a él. Ahora termínate el té y vamos a asegurarnos de que esta noche te encuentre irresistible.

–No me sentiré cómoda con algo demasiado llamativo.

–No te preocupes. El truco está en insinuar, no en enseñar.

Layla se echó a reír.

Capítulo 10

RAZ miró la hora por enésima vez.
El baile estaba a punto de empezar y no había ni rastro de Layla.

Estaba a punto de llamar a Avery cuando apareció Mal y le dijo que su mujer había dado la orden de que las esperaran abajo, en el salón de baile. Las dos mujeres habían pasado el día de compras y Raz estaba seguro de que la sultana habría conseguido sonsacarle a Layla todo lo que hubiese querido saber.

–Agradezco la ayuda de Avery porque Layla no está acostumbrada a esta clase de acontecimientos sociales y es muy tímida. Me preocupa que se sienta abrumada.

Su amigo lo miró con curiosidad.

–Esa mujer te importa.

–¿Te sorprende?

–¿Y a ti?

–Sí –admitió, pues no veía motivo para no ser sincero–. Sí que me sorprende. No es en absoluto como yo esperaba que fuera. Parece que ha tenido una vida muy dura.

–Eso, sin embargo, no me sorprende –reconoció

Mal–. En mi opinión, tiene mucha suerte de haberse casado contigo y seguramente ahora se sienta muy aliviada.

–No lo sé. Es una mujer muy valiente que se niega a dejarse vencer por el miedo.

–Entonces no tardará en darse cuenta de que contigo no tiene nada que temer.

–Puede que lo de esta noche sea demasiado para ella –y se dio cuenta de que no quería que lo fuese, quería que se relajase y se divirtiese.

–¿Y para ti? Es la primera vez que apareces en público con otra mujer.

Ni siquiera había pensado en eso.

–A mí no me importa lo que piensen los demás, pero a ella sí.

–Entre todos la protegeremos cuanto podamos, pero, si crees que va a estar incómoda, debéis marcharos temprano. Nadie se ofenderá. Tú eres como un hermano para mí, espero que lo sepas.

–Lo sé –hizo una pequeña pausa–. ¿Te puedes creer que no haya bailado nunca? No creo que sepa siquiera cómo divertirse.

–Dale tiempo. Su vida ha cambiado mucho de la noche a la mañana, así que necesitará un tiempo para darse cuenta de que puede confiar en ti.

–No tengo ni idea de lo que piensa de vivir conmigo.

–Ya lo descubrirás, yo cada día descubro algo nuevo de Avery.

–Avery es una mujer formidable.

Mal hizo una breve pausa antes de anunciar:

–Está embarazada, pero aún no lo sabe nadie, así que no digas nada.

–¡Enhorabuena! No diré nada.

Lo primero que vio Raz al entrar al salón de baile fue a Layla y, desde ese momento, no pudo apartar la vista de ella. Parecía salida de *Las mil y una noches*, con aquel vestido azul oscuro con adornos dorados y la melena suelta.

–Por si no se te ocurre nada, la palabra que buscas es «impresionante» –le dijo Avery al oído antes de dejarlos solos.

–¿Qué tal han ido las reuniones? –le preguntó ella con voz tranquila, pero en sus ojos se reflejaba el lógico nerviosismo.

–Muy bien. Veo que Avery y tú habéis estado muy ocupadas.

–Nos hemos divertido mucho. Hemos charlado e ido de compras –en su gesto había una excitación que jamás había visto, como si alguien hubiese encendido una luz en su interior. Parecía más segura de sí misma y se preguntó a qué se debía el cambio.

¿Sería solo el vestido?

–Estás impresionante.

–Avery te ha dicho que me lo dijeras, lo he oído. De todos modos, gracias.

–Lo he dicho porque es cierto –la miró a los ojos.

–¿Puedo pedirte una cosa?

–Lo que quieras.

–Mencionaste algo de bailar –bajó la mirada al suelo–. Me gustaría probar.

Raz la tomó de la mano y la llevó a la pista de baile disimulando su sorpresa.

Pronto descubrió con igual asombro que parecía tener un talento natural para el baile, pues se movía como si flotara. A ella también le gustó descubrirlo, a juzgar por la enorme sonrisa que apareció en sus labios, y de pronto se descubrió sonriendo también.

Sintió cómo su cuerpo se relajaba contra el de él. Sabía que la gente los observaba con curiosidad y temió que ella se diera cuenta y volviera a tensarse, pero entonces se miraron a los ojos y solo pudieron sentir la química. Layla bajó la mirada hasta sus labios sin el menor atisbo de timidez y esbozó una nueva sonrisa. Él cerró los ojos y la estrechó contra sí para no dejarse llevar por el impulso de sacarla de allí.

—¿Te gusta? –le preguntó al oído.

—Sí, mucho.

—Vámonos de aquí. Te enseñaré el jardín, tiene unas fuentes espectaculares.

—¿Podemos irnos? Hay gente esperando hablar contigo.

—Tendrán que esperar un poco más. Llevo días sin parar de hablar con todo el mundo. Esta noche es para nosotros.

—Se está muy bien aquí –comentó ella, observando la magnífica fuente–. El ruido del agua me recuerda a tu casa.

—Nuestra casa.

Ella se apartó de él para sentarse en el murete que rodeaba la fuente.

–¿A tu mujer le gustaba vivir allí?

Raz se puso en tensión automáticamente, pero luego vio la ansiedad que reflejaban los ojos de Layla y supo que le habría costado mucho hacerle esa pregunta.

–No, Nisa prefería la ciudad. Estaba cansada de mudarse de un lado a otro y de las restricciones que implica la seguridad. No siempre tenía demasiado cuidado. El día que murió vino a verme al desierto para darme una sorpresa. Yo había salido a caballo y ella vino a buscarme en mi cuatro por cuatro. Tenía poca experiencia en conducir en el desierto y no pudo controlar el vehículo con los frenos rotos. Si hubiera conducido yo...

De nada servía pensar esas cosas.

–Lo siento –dijo ella al tiempo que le ponía los brazos alrededor de la cintura–. Siento mucho que la perdieras y siento que mi familia tuviera algo que ver en ello.

–Eso no tiene nada que ver contigo y nunca te he hecho responsable.

–Siento habértelo preguntado. He estropeado el momento.

–No has estropeado nada. Tienes derecho a preguntar.

–Los dos sabemos que yo no tengo ningún derecho, Alteza.

Raz la agarró de las dos manos y la puso en pie para mirarla a los ojos.

–¿Sigues llamándome Alteza? Pensé que eso ya lo habíamos superado.

–Te casaste conmigo porque era lo que debías hacer y dejaste de lado tus propios deseos.

–Puede que fuera así al principio, pero ya no. ¿Acaso crees que lo que hacemos juntos es una obligación para mí? –inclinó la cabeza hacia ella–. ¿De verdad crees que esto no es personal, *habiba*?

–¿No podríamos irnos ya? –susurró Layla, con la mejilla pegada a la de él y el corazón a punto de escapársele del pecho.

Raz se apartó para mirarla a los ojos.

–¿No estás contenta? Entonces nos iremos ahora mismo.

Layla se dejó llevar por el interior del palacio de los sultanes; por escaleras y pasillos interminables, hasta llegar a su habitación.

–Siento haberte hecho venir –le dijo él, ya frente a frente en el dormitorio.

–¿Por qué? Me lo he pasado muy bien.

–Sin embargo querías irte.

–Pero no porque no estuviera pasándolo bien –hizo una pausa para tomar fuerzas–. Quería irme por esto.

Comenzó a desabrocharle la camisa y luego el pantalón, sin apartar la mirada de sus ojos ni un instante.

–Layla...

–No hables –le ordenó con una audacia que no había sentido jamás.

La misma audacia que le permitió recorrer todo cuerpo, primero con las manos y luego con la boca.

Quería disfrutar de aquella fantasía y no estropearla con palabras. Estaba completamente fascinada con la fuerza de su cuerpo.

No dudó al arrodillarse frente a él, después lo miró a los ojos un instante y lo chupó, sintió su fuerza en la boca y su sabor salado, hasta que lo oyó gruñir.

—Espera un momento —le imploró.

Tenía la voz ronca y la mirada oscura cuando la puso en pie y la besó como un loco mientras la desnudaba y la llevaba a la cama.

La sentó encima de su pelvis y, sin más rodeos, Layla bajó sobre él para metérselo tan adentro como pudo. Comenzó a moverse de manera instintiva, cada vez con más fuerza hasta alcanzar juntos esa cima de placer y de éxtasis.

Después Layla se acurrucó contra su pecho sin decir nada. Él tampoco dijo nada mientras le acariciaba el pelo y, en ese momento mágico, Layla supo que Avery tenía razón.

Estaba enamorada de él.

Era algo abrumador, desconcertante y aterrador.

Pero sobre todo era sorprendente. Acababa de aprender otra cosa más sobre sí misma.

Empezaba a darse cuenta de que su vida antes de él había sido un desierto vacío y seco porque no conocía nada, ni imaginaba que hubiera algo más que lo que ella tenía.

Lo miró y pensó que envidiaba a la mujer a la que había amado con todo su corazón y luego se sintió culpable por pensar algo así de alguien que había muerto.

Siempre había querido creer en el amor, pero no había encontrado ninguna prueba de su existencia. Nunca se había sentido identificada con las poesías románticas que hablaban de sufrimiento y corazones rotos porque nunca lo había vivido y no esperaba vivirlo. Sin embargo, allí estaba. Ahora sentía ese dolor en el pecho.

Raz la miró a los ojos también.

—Ha sido increíble. Tú eres increíble.

Layla no dijo nada porque no sabía qué decir.

Lo que sí sabía era lo mucho que dolía el amor.

—¿De verdad tienes que irte, papá?

—Sí, pero vuelvo mañana mismo —Raz abrazó a su hija. Detrás de ella estaba Layla, pero no conseguía que lo mirara a los ojos.

Habían pasado dos semanas desde el baile de Zubran y desde entonces había estado retraída y muy callada, tanto que Raz empezaba a preguntarse por la razón de ese cambio.

Tenía que hablar con ella en cuanto volviera.

—¿Dónde vas?

—A reunirme con el consejo de Tazkhan para ultimar los preparativos para la toma de posesión.

—Entonces vamos a mudarnos a la ciudad.

Era Zahra la que hacía las preguntas, pero Raz se preguntó si sería eso lo que le preocupaba a Layla.

—Viviremos allí algún tiempo, pero no siempre —miró a Layla—. Estás muy callada. ¿Te preocupa algo?

–No, nada. Que te vaya muy bien la reunión.

Estaba distinta y muy formal, pero Raz no quiso presionarla.

–Volveré mañana –levantó la mano hacia su rostro con la intención de besarla, pero la bajó de inmediato, sorprendido por tener semejante impulso estando en público.

Antes de que pudiera decir nada, ella dio un paso atrás y dijo:

–Buen viaje.

Capítulo 11

LAYLA seguía en la cama mirando al vacío, pues el dolor que sentía en el pecho no le dejaba conciliar el sueño.

Quizá sí fuera posible que un corazón se rompiese.

Había leído que había personas que, tras perder a su pareja, no tardaban en morir también.

Quizá fuera posible. Una cosa más en la que se había equivocado.

Casi era un alivio que Raz estuviese fuera esa noche porque ya no sabía cómo comportarse con él. No sabía cómo hacer para no demostrarle lo mucho que lo amaba, ni para no seguir enamorándose de él más y más.

Ante la imposibilidad de dormir, decidió leer un rato, pero al intentar encender la lámpara de la mesilla no ocurrió nada. Apretó la bombilla por si estaba floja, pero nada. Después de varios intentos, se levantó de la cama, se puso una bata y salió al balcón. Estaba todo muy tranquilo.

Demasiado.

Debería haberse visto alguna luz, sin embargo

estaba todo a oscuras, incluso la fuente del jardín estaba en silencio. No se oía el agua, ni nada.

Se preguntó si habría habido algún corte eléctrico y estaba a punto de volver a la habitación a agarrar una linterna cuando se dio cuenta de que no había ningún guardia en la puerta de la habitación de Zahra.

El corazón se le detuvo por un instante.

Ni luces, ni guardias.

Entró a la habitación de la niña y, por primera vez, se alegró de ver a Isis y a Horus tumbados a los pies de la cama.

Tenía el corazón en la garganta y las manos sudorosas. Probablemente estaba exagerando y no era más que una avería eléctrica.

Era lo más probable, pero ¿y si Hassan había descubierto que Raz tenía una hija y había decidido aprovecharse de ello?

Quizá estuviera exagerando, pero no podía arriesgarse.

–Zahra –la movió suavemente–. Despierta. Nos vamos de aventuras.

Zahra se movió bajo las sábanas.

–Está muy oscuro.

–Lo sé. Así es más emocionante.

–¿Dónde vamos? –preguntó la niña entre bostezos.

Por un instante se le quedó la mente en blanco, pero enseguida supo exactamente lo que debía hacer, algo que había hecho muchas veces.

–Vamos a jugar al Escondite –se le secó la boca

al decirlo–. Vamos a ponernos el abrigo por si hace
frío.

–¿Por qué vamos a jugar de noche?

–Porque es el mejor momento. Yo solía jugar
con mi hermana cuando tenía tu edad. Te contaré
las reglas –le puso el abrigo–. No se puede hacer
ruido, tienes que hacer exactamente lo que yo te
diga; si te digo que no te muevas, no te mueves y, si
te digo que corres, corres tan rápido como puedas.

De pronto vio unas luces a lo lejos, no sabía si
eran linternas o faros de coches, lo que estaba claro era
que el peligro era real.

–Tenemos que irnos –anunció, apretando a la pequeña contra su pecho.

–¿Isis y Horus pueden venir con nosotras?

Layla miró a los perros.

–Sí, buena idea. Pero tenemos que darnos prisa.

–¿De quién nos escondemos, Layla? No tiene
sentido jugar al Escondite si nadie va a intentar encontrarnos.

–Vamos a buscar un lugar seguro y veremos lo
calladas que podemos estar. Cuando ya lo hagamos
muy, muy bien, podremos jugar con papá –sabía que
lo que decía era absurdo, pero mientras andaba a
toda prisa sin llegar a correr, seguía hablando sin parar, intentando no asustar a Zahra.

Porque ahora ya sabía con certeza que alguien iba
tras ellas y el miedo era tan terrible como cuando lo
había sentido de niña.

–Dime una cosa, Zahra. Si no quisieras que nadie
te encontrara, ¿dónde irías?

–A las cuevas de al-Zahki, claro.

Layla recordaba que Raz le había hablado de ese lugar.

–¿Están cerca?

–A caballo llegaremos en cinco minutos.

A caballo.

Layla cerró los ojos y respiró hondo.

–De acuerdo.

–El caballo más rápido es Raja, el semental de mi padre. Yo sé montarlo. Me gusta este juego.

Desde las caballerizas volvió a ver las luces a lo lejos, pero no sabía calcular cuánto tiempo les quedaba.

Ya en lo alto del enorme caballo, Layla tuvo que concentrarse en no mirar al suelo. Zahra no necesitó que le insistiera para poner el caballo al galope y para Layla fueron los minutos más aterradores de su vida.

Al llegar a las cuevas, se dio cuenta de que había cometido un gran error. El caballo les había permitido huir con rapidez, pero ahora no había manera de ocultarlo.

Los perros, que se habían quedado atrás, consiguieron alcanzarlas siguiendo su rastro.

–Tenemos que dejar suelto a Raja, Zahra. No tenemos otra opción.

–¡No! No podemos hacer eso. Papá se pondrá muy furioso.

Pero Layla ya había soltado las riendas y, con solo darle un manotazo, el caballo se alejó al galope y se perdió en la oscuridad. Zahra se echó a llorar entre sus brazos.

–No le va a pasar nada.

–Pero, Layla...

–Calla –le tapó la boca con la mano y la ocultó detrás de las rocas de la cueva–. Se acerca alguien. No te asustes, pero no hagas ruido. Isis, Horus, tranquilos.

Los perros se agazaparon entre las rocas justo antes de que las luces entraran a la cueva.

–No pueden haberse esfumado.

Era la voz de Hassan y estaba diciendo lo mismo que la última vez que lo había visto. Layla apretó a Zahra contra sí, como había hecho tantas veces con su hermana, y se preguntó cómo había podido saber Hassan que estaban allí.

–Tienen que estar aquí. No pueden haberse escondido en otra parte.

A Layla se le cayó el alma a los pies al reconocer la voz de Nadia.

Ahora lo comprendía todo.

La niña empezó a moverse y, al intentar impedirlo, Layla hizo ruido con los pies y supo que estaba perdida. Le pidió a Zahra que no se moviera por nada del mundo y salió de entre las rocas.

–Es ella –dijo Nadia con desprecio–. Si está aquí, la niña no estará lejos.

–Zahra está durmiendo en su cama. La dejé allí porque pensé que sería a mí a quien buscabais.

–Mentira. No se separa de la niña porque cree que así conseguirá que Raz la ame.

Se quedó paralizada por el miedo al ver a Hassan delante de ella, pero mucho más aún cuando pegó un silbido y aparecieron cuatro perros saluki en el interior de la tienda.

Debería haberlo imaginado.

En cuanto los animales empezaron a correr por la cueva, olisqueándolo todo en busca de la niña, Layla volvió junto a ella y la abrazó, dispuesta a protegerla aunque eso significara que esas bestias la comieran viva.

De pronto vio ponerse en pie a Isis y a Horus y comenzó una lucha salvaje entre los perros.

Por más que Zahra llorara, no podían hacer nada por sus dos perros, así que decidió aprovechar la confusión para escapar.

–¿Hay alguna otra manera de salir de las cuevas?

–Sin cuerdas, no.

No era eso lo que le habría gustado oír. Había decidido adentrarse aún más en las cuevas con Zahra cuando de pronto se oyeron ruidos de coches y todo se llenó de luz, se oyeron gritos y algo que parecían disparos.

Layla tiró a Zahra al suelo.

Por fin oyó la voz de Raz y supo que había llegado con su equipo de seguridad, pero siguió sin moverse hasta estar segura de que podía hacerlo sin peligro.

–¿Layla? ¡Layla! –gritaba Raz con desesperación y con una emoción desgarradora.

–Está bien –le dijo para tranquilizarlo–. Está aquí conmigo. No le han hecho nada.

De pronto Zahra se escapó de su lado y echó a correr hacia su padre, pero se detuvo en seco antes de llegar a él, al ver a Isis tumbado en el suelo con el pelo lleno de sangre. Horus parecía estar haciendo guardia a su lado.

Layla llegó junto a la niña a la vez que Raz.

–Déjame que la mire –le pidió a su hija con voz pausada, pero Layla se fijó en que le temblaban las manos mientras examinaba a la perra.

Isis no estaba muerta, pero sangraba mucho, así que entre los dos le hicieron un torniquete para detener la hemorragia. Era la primera vez que Layla tocaba un perro voluntariamente, pero no se paró a pensar en ello hasta que sintió algo frío y húmedo en la mano y vio que Horus le estaba apretando el hocico contra la mano, como si quisiera darle las gracias. Lo dudó un instante, pero finalmente le acarició la cabeza al agradecido perro.

Zahra siguió llorando entre los brazos de su padre mientras volvían a casa y acabó quedándose dormida por el camino, momento en el que Layla aprovechó para preguntar a Raz.

–¿Dónde está Hassan?

–Lo han detenido, junto con Nadia, que parece ser que planeó el ataque.

–¿Por qué crees que lo hizo ella?

–Por celos –dijo Raz con profunda tristeza–. Tenía celos de su hermana y, por algún motivo, había llegado a la conclusión de que yo me casaría con ella. Todo eso lo he descubierto en las últimas horas, pero me da mucha rabia no haberme dado cuenta antes.

–Era imposible de imaginar.

Raz la miró fijamente.

—¿Cómo puedo agradecerte todo lo que has hecho?

—No tienes que agradecerme nada.

Lo vio respirar hondo.

—Tengo que decirte tantas cosas.

Layla estaba demasiado cansada para hablar.

—Más tarde.

Isis iba a recuperarse y Zahra estaba plácidamente dormida en su cama, acompañada por Horus y Abdul. Raja también había regresado sano y salvo.

—Aún no puedo creer que consiguieran hacerme salir de casa para que estuvieras sola con Zahra —le dijo Raz cuando se reunió con ella en la habitación—. Si no te hubieras despertado, no sé qué habría pasado. ¿Cómo es que te despertaste? ¿Oíste algún ruido?

—No, no estaba dormida —no le contó que no había podido dormir porque no podía dejar de pensar en él, pero sí le detalló todo lo demás.

Mientras hablaba, los dos se dieron cuenta de que la primera noche que había acudido a la tienda de Zahra había sido el primer intento de secuestrarla, pero Layla los había sorprendido al quedarse con ella en la cama.

Después Raz le contó que, al llegar a Tazkhan, había descubierto que nadie lo esperaba y había empezado a sospechar.

—Tenía tanto miedo de llegar tarde —admitió Raz

al tiempo que la estrechaba en sus brazos–. No puedo creer que te metieras en la cueva con los perros, con el miedo que les tienes.

–Ya no. Pensé que protegerían a Zahra y así fue. Se enfrentaron a cuatro perros y ganaron. Isis y Horus la quieren tanto que se hicieron fuertes contra los otros –se le llenaron los ojos de lágrimas al recordarlo.

–Tengo otra noticia que hará que dejes de llorar –anunció Raz–. Salem me llamó hace media hora. Yasmin está con él y está bien.

–¿De verdad? –siguió llorando, pero esa vez de alegría–. ¿Estás seguro? ¿De verdad es ella?

–Salem dice que nunca ha conocido a una mujer que hable tanto.

–Entonces es ella –se abrazó a él, aliviada y contenta–. Gracias.

–Ahora que está todo solucionado, quizá podamos hablar de nosotros. Hay algo que debo decirte, *habiba*.

Layla no levantó la cabeza de su pecho porque no podía afrontar nada más esa noche, especialmente si iba a decirle una vez más que nunca podría amar a otra mujer.

Pero Raz la apartó y la obligó a mirarlo.

–Nunca había sentido tanto miedo como esta noche.

Layla se olvidó de golpe de sus sentimientos y pensó en él.

–Ha debido de ser muy duro para ti ver a tu hija en esa situación.

–No solo tenía miedo por ella –le tomó el rostro entre las manos y la miró fijamente.

–Raz...

–No digas nada. Necesito decirte algo sin que me interrumpas. Te debo una disculpa por haber sido tan frío y distante contigo desde el principio. Me avergüenzo de haber sido tan insensible contigo. Debería haberte preguntado más cosas y haberme imaginado que tú también habías sufrido, pero no lo hice y lo siento.

–Probablemente no te habría contado nada aunque me hubieses preguntado –reconoció ella–. Y no me trataste tan mal, teniendo en cuenta todo lo que te había hecho mi familia.

–No se puede culpar a nadie de los pecados de su familia.

–Es comprensible que desconfiaras de mí. Estabas protegiendo a los tuyos y no serías el hombre que eres si no lo hubieses hecho. Es una de las razones por las que te amo –las palabras salieron de su voz por voluntad propia–. Por las que te respeto y te admiro –se apresuró a corregir–. Eso es lo que quería decir.

–¿De verdad es eso lo que querías decir?

–Sí –apartó la mirada, pero él le agarró la barbilla y la obligó a mirarlo de nuevo–. Raz...

–Fuiste tú la que insististe en que fuéramos siempre sinceros el uno con el otro y nunca te ha dado miedo decirme la verdad. ¿Por qué tienes miedo a decirme lo que sientes de verdad?

Porque no estaba segura de poder soportar su respuesta, por eso.

–Los sentimientos no eran parte del trato cuando nos casamos.

–Es cierto, pero las cosas cambian. La gente cambia y los sentimientos cambian. Me encanta que me admires y me respetes, pero preferiría lo primero que has dicho, *habiba* –dijo mirándola a los ojos con ternura–. Dime por qué estabas despierta anoche. La verdad.

–No podía dormir.

–¿Por qué?

Estaba claro que no iba a rendirse, así que Layla optó por dejar de luchar.

–Porque te echaba de menos. Porque te amo –sintió un sorprendente alivio al decirlo y reconocer por fin una emoción que se había esforzado tanto por contener–. Te amo. No esperaba enamorarme de ti, ni siquiera me creía capaz de hacerlo y no te lo habría dicho si no me hubieras obligado, así que espero que no complique las cosas entre nosotros.

–¿Por qué iba a complicar las cosas?

–Porque tú no puedes amar a otra mujer y porque el nuestro es un matrimonio de conveniencia política, nada más.

–Así fue como empezó, pero lo que importa es cómo termina.

¿Terminar?

Qué rápido se convertía la alegría en tristeza.

–¿Tú quieres que termine?

–¡No! No quiero que termine nunca. Lo que intento decirte es que las cosas han cambiado. Todo ha cambiado, incluyendo mis sentimientos. Lo que intento decirte es que te amo –primero la abrazó y luego volvió a apartarla para mirarla a los ojos de nuevo–. Amaba a Nisa con todo mi corazón y eso nunca cambiará; siempre será parte de mi vida. Pero desde que murió me quedé atrapado en mi antigua vida, aferrado a los recuerdos porque no podía seguir adelante. Hasta que te conocí.

–Pero la primera noche...

–Es cierto que me sentí culpable –reconoció en voz baja–. Sentía que la había traicionado y no solo por estar contigo, sino porque fue algo especial. Yo no esperaba que surgiera algo así entre nosotros. Esperaba no sentir nada, pero no fue así y no sabía qué hacer con esos sentimientos.

–Yo no esperaba amarte, ni que tú me amaras. Nunca había querido a nadie salvo a mi hermana. Nunca había mirado a ningún hombre, ni había sentido nada por ninguno hasta que te conocí. Nunca había conocido a un hombre que utilizara su poder para ayudar a los demás.

–Fuiste tan valiente al presentarte allí, armada solo con dos libros.

–Tú me lo has enseñado todo. Me habría gustado poder enseñarte algo yo también a ti.

–Lo has hecho –le puso la mano en la mejilla–. Me has enseñado que la vida cambia y que se puede encontrar el amor donde menos se espera. Que siempre hay esperanza. Y me has enseñado a volver a amar, *habiba*. Y he descubierto que el amarte a ti no hace que la ame menos a ella. Tú eres mi futuro y me siento muy privilegiado de haber recibido ese regalo dos veces.

–Yo solo buscaba tu respeto y poder escapar de la vida que tenía. No esperaba más. No esperaba que fueras tan atento conmigo. Dices que fuiste muy duro conmigo, pero en realidad siempre intentaste ayudarme en todo. Nunca nadie había hecho algo así por mí.

–Esta noche te has enfrentado a todas tus pesadillas juntas y has sido muy valiente.

–Mi mayor pesadilla era que le pasara algo a Zahra porque la quiero mucho y no quería que sufriera.

–Hace un rato me ha preguntado si podía llamarte «mamá».

–¿De verdad? –tenía un nudo de emoción en la garganta.

–Una de las cosas de las que me siento culpable es de haberte dicho que no se te ocurriera pensar que podrías ser la madre de mi hija. Espero que puedas perdonarme por decirte algo tan horrible.

–No hay nada que perdonar. Estabas en una situación muy difícil. ¿Sabes lo que pienso? Que debemos separar el pasado del futuro. ¿Crees que podremos?

Se fundieron en un abrazo y Layla se dio cuenta de que nunca había sido tan feliz.

–Te amo. Te amo con toda mi alma.

–No creo que me canse nunca de oírtelo decir.

–¿Sabes que fue Avery la que se dio cuenta de que me había enamorado de ti?

Raz esbozó una sonrisa.

–Es una verdadera maestra en entrometerse en la vida de los demás.

–Pero en el mejor sentido. Fue ella la que me animó a ser tal como soy. Estaba muy confusa y me hizo mucho bien que me dijera que merecías conocerme de verdad.

–Y, al conocerte de verdad, me enamoré de ti.

Le echó los brazos alrededor del cuello y lo miró, abrumada por toda la emoción que llevaba dentro.

–¿Podrías decírmelo otra vez? Solo una vez más. Necesito escucharlo.

–Te lo voy a decir muchas veces. Te amo y te amaré siempre –la estrechó en sus brazos una vez más–. *Anti hayati*. Tú eres mi vida, *habiba*.

Era una tentación peligrosa...

Gracias a una absurda cláu-
sula en el testamento, para
recibir su herencia Luc Mac-
Allister debía pasar seis
meses en una isla del Pací-
fico con la supuesta amante
de su padrastro. Joanna
Forman podría tentar a un
santo y, para mantener la
cordura y conservar sus secretos, Luc tendría que ale-
jarse de ella todo lo posible...

Aceptar la herencia confir-
maría la convicción de Luc
de que era una buscavidas,
pero rechazarla podría cos-
tarle todo aquello por lo que
tanto había trabajado, de
modo que Joanna debía
plantarle cara al poderoso
magnate y luchar contra la
invencible atracción que había entre ellos hasta el final
de aquel largo y cálido vera-
no.

Isla de secretos

Robyn Donald

Un riesgo justificado

CHARLENE SANDS

Jackson Worth, vaquero y empresario, se despertó en Las Vegas con un problema. Sammie Gold, dueña de una tienda de botas, era su nueva socia y la única mujer que debería haber estado vedada para él. Sin embargo, la dulce Sammie tenía algo que le impedía quitársela de la cabeza. Trabajar con ella era una tortura, como lo eran también los recuerdos de su noche de pasión en Las Vegas.

Jackson Worth era un hombre muy guapo, pero completamente inalcanzable para ella. Si Sammie quería conseguir su final feliz, tendría que seducir de una vez por todas a aquel soltero empedernido...

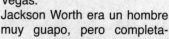

Noche de pasión en Las Vegas

Bianca.

Tuvo que hacer un trato con el diablo...

Para salvaguardar el futuro
de su familia, Natalie Carr
tuvo que hacer un trato con
Ludo Petrakis. No se fiaba
de él, pero la pasión que
había entre ellos la dejaba
sin aliento e indefensa. Y
accedió a la propuesta de
él de acompañarlo a Grecia
haciéndose pasar por su
prometida.

A medida que se iban difu-
minando las líneas entre la
farsa y la realidad, Natalie
empezaba a ver grietas en
el firme control de Ludo.
Mientras cumplía sus con-
diciones le resultaba cada
vez más y más difícil resis-
tirse a él.

Rumbo al deseo

Maggie Cox